W0342847

# Le prince scandaleux

LU MC

MAISEY YATES

# Le prince scandaleux

*Traduction française de*

ANNE-LAURE PRIEUR

AZUR

HARLEQUIN

*Collection :* Azur

*Titre original :*
CROWNING HIS CONVENIENT PRINCESS

© 2019, Maisey Yates.
© 2020, HarperCollins France pour la traduction française.

Ce livre est publié avec l'autorisation de HARLEQUIN BOOKS S.A.

Tous droits réservés, y compris le droit de reproduction de tout ou partie de l'ouvrage, sous quelque forme que ce soit.
Toute représentation ou reproduction, par quelque procédé que ce soit, constituerait une contrefaçon sanctionnée par les articles 425 et suivants du Code pénal.

Si vous achetez ce livre privé de tout ou partie de sa couverture, nous vous signalons qu'il est en vente irrégulière. Il est considéré comme « invendu » et l'éditeur comme l'auteur n'ont reçu aucun paiement pour ce livre « détérioré ».

Cette œuvre est une œuvre de fiction. Les noms propres, les personnages, les lieux, les intrigues, sont soit le fruit de l'imagination de l'auteur, soit utilisés dans le cadre d'une œuvre de fiction. Toute ressemblance avec des personnes réelles, vivantes ou décédées, des entreprises, des événements ou des lieux, serait une pure coïncidence.

Le visuel de couverture est reproduit avec l'autorisation de :

HARLEQUIN BOOKS S.A.

*Tous droits réservés.*

**HARPERCOLLINS FRANCE**
83-85, boulevard Vincent-Auriol, 75646 PARIS CEDEX 13
Service Lectrices — Tél. : 01 45 82 47 47

www.harlequin.fr

ISBN 978-2-2804-4066-0 — ISSN 0993-4448

# 1.

Latika Bakshmi prit une profonde inspiration avant d'ouvrir la porte. Elle savait exactement ce qui l'attendait de l'autre côté. Ou plutôt qui.

Le prince Gunnar von Bjornland.

Le frère de la reine, hédoniste à la vie dissolue et honte de la nation. Un homme qu'elle méprisait par-dessus tout, objet de sa nouvelle mission. En effet, la reine Astrid, sa patronne mais aussi sa meilleure amie, lui avait confié la tâche de réformer Gunnar. Et elle était résolue à la mener à bien. Encore quelques minutes…

— Cessez de rôder derrière ma porte.

Ladite porte venait de s'ouvrir à la volée, sur un homme plus proche du dieu viking que du simple mortel. Des cheveux blonds coiffés en arrière, légèrement plus foncés que la barbe ombrant sa mâchoire. Des yeux d'un bleu limpide, pur comme la glace sous laquelle couvaient des braises incandescentes. Et ce corps… Une véritable arme de destruction massive, dont tout son sang-froid peinait à la prémunir. Gunnar avait un sens très personnel du décorum, qui ne lui dictait pas d'enfiler une chemise en sa présence. Latika ne savait si elle devait le déplorer ou lui en être reconnaissante. Difficile de détourner les yeux de ce large torse parsemé d'un léger duvet, dont les muscles déliés jouèrent sous la peau lorsqu'il s'écarta pour la laisser passer.

— Comment saviez-vous que j'étais là ? demanda-t-elle sans faire mine d'entrer.

— La tension émanant de vous traverserait une porte blindée. Vous seule émettez ce genre d'aura, Latika.

— Très drôle.

— Vos talons claquent sur le sol en marbre, expliqua-t-il. C'est inquiétant. Si les bruits du couloir me parviennent aussi clairement, dois-je craindre qu'on entende du dehors ce qui se passe dans ma chambre ?

— À vous de me le dire, repartit Latika.

— Oh ! cela m'est égal.

— C'est bien ça le problème.

Elle balaya furtivement la pièce des yeux. Aucune trace de débauche récente. C'est-à-dire aucune rousse pulpeuse ou blonde sculpturale étalée nue entre les draps. *Dieu merci !* Mais le lit était défait, signe qu'il venait tout juste de se lever. Sans doute avait-il enfilé à la hâte le jean qu'il portait. Peut-être sans rien en dessous…

Elle s'empressa de chasser cette pensée.

— Astrid m'a demandé…

— J'ai décidé de me marier, l'interrompit Gunnar.

Latika ouvrit des yeux ébahis.

— Vous… *Quoi* ?

— J'ai besoin d'une épouse. Ma réputation embarrasse Astrid, j'en ai conscience. Elle est mariée et mère d'un enfant. Son règne ouvre au pays la porte d'un brillant avenir. Mon père se retournerait dans sa tombe s'il ne rôtissait pas en enfer.

— Astrid m'a demandé de vous réformer, termina Latika.

— Je sais. Et je ne vois qu'une façon d'y parvenir.

Elle s'était attendue à de la résistance de sa part. À ce qu'il regimbe en noyant l'idée sous un torrent d'allusions grivoises. Certainement pas à ce qu'il prenne les devants.

— Pourquoi le mariage vous intéresse-t-il, tout à coup ? s'enquit-elle avec méfiance.

— Le mariage ne m'intéresse pas, répondit honnêtement Gunnar. Mais un conte de fées est le meilleur moyen de toucher le cœur des gens, vous ne pensez pas ?

— L’exemple de votre sœur semble le suggérer.

— Je ne suis pas l’héritier du trône, et cela me convient, poursuivit le prince. S’il y a quoi que ce soit que je puisse faire pour alléger le fardeau d’Astrid, je le ferai. Le plus simple est encore de me marier.

— Drôle de logique, commenta Latika.

— Vous n’avez aucun respect pour moi, je me trompe ? Eh bien, sachez que je n’ai que faire de votre bonne opinion. Mais le bonheur d’Astrid et l’image de notre pays comptent énormément à mes yeux. Vous allez donc m’aider à trouver une épouse.

— Des exigences ? questionna Latika d’un ton ouvertement caustique.

— Oui, répondit Gunnar sans y prêter attention. Je cherche une philanthrope. Peu importe si son altruisme l’a déjà conduite à faire don d’elle-même.

Latika mit une ou deux secondes à comprendre le sous-entendu.

— Vous n’attendez pas d’elle qu’elle soit vierge ? Quel progressiste vous faites !

— Je ne saurais exiger de ma future femme ce que moi-même ne possède plus, répliqua Gunnar avec un sourire en coin.

Latika sentit le rouge lui monter aux joues.

— Vous n’êtes plus vierge non plus ? Je tombe des nues, ironisa-t-elle.

— Je compte sur votre ample réseau pour me dénicher la perle rare, continua le prince.

L’idée d’arranger un mariage mettait Latika mal à l’aise. Rien d’étonnant à cela, vu sa propre expérience en la matière. Mais bien sûr, Gunnar ignorait tout de sa vie avant son arrivée au palais. Écumer les cercles sociaux fréquentés par des femmes à même de plaire au prince de Bjornland risquait de poser problème à la fugitive qu’elle était. À elle de faire preuve de discrétion et d’éviter les zones de danger. Soit un petit coin d’Europe ainsi que la côte Est des États-Unis. Gunnar ne verrait sans doute aucune objection à ce qu'elle privilégie de charmantes débutantes anglaises au détriment de potentiels partis de l'Upper East Side new-yorkais.

— Blonde ? Brune ? Rousse ? Des préférences ? s'enquit-elle.

— Aucune.

— Vous n'avez pas de genre qui vous attire plus qu'un autre ?

— Si. Le genre féminin.

Latika se retint de rouler des yeux et fit mine de prendre des notes sur son carnet.

— Une femme philanthrope. Hymen non requis, résuma-t-elle avec son plus beau sourire.

— Pas d'hymen serait préférable, rectifia Gunnar. Je n'ai pas la patience d'apprendre à une femme comment me satisfaire.

— Je vois.

Voilà qui l'écartait de la liste. Non qu'elle y eût jamais figuré, se reprit-elle aussitôt. Comme si épouser Gunnar pouvait la tenter !

Il fit volte-face, et son large dos emplit son champ de vision. Latika en détourna les yeux pour concentrer son attention sur le plafond, inoffensif à défaut d'être intéressant. Gunnar ouvrit un tiroir et sortit un T-shirt qu'il enfila d'un geste fluide. La flexion de ses muscles déclencha une tension similaire entre ses cuisses, qu'elle s'obligea à ignorer. Gunnar avait le don de la mettre dans tous ses états. Parce qu'il l'exaspérait, voilà tout. Avait-elle déjà rêvé de mordre cette bouche insolente ou de faire courir sa langue sur son torse de Viking ? Non, jamais.

Pas même comme cela, en passant.

— Ce sera tout ? demanda-t-elle avec un sourire forcé.

— Oui. Je pense qu'on a fait le tour.

— Bien. Je me mets de ce pas en quête de votre future princesse.

— Peut-être devriez-vous mentionner que je possède

ma propre entreprise d'éco-architecture, d'une valeur de plusieurs millions de dollars, ajouta Gunnar.

Latika manqua s'étrangler de surprise.

— Vous… vous plaisantez ?

— Pas du tout. Il est temps que cette information sorte au grand jour, vous ne croyez pas ?

— Comment avez-vous réussi à garder le secret ? questionna-t-elle, stupéfaite.

— Tout ce qui intéresse les gens, c'est de savoir avec qui je couche, répondit Gunnar. Personne ne creuse plus loin, et mon nom est soigneusement enterré sous celui de ma société.

— Je…

— Rendre l'existence de cette société publique contribuera à redorer mon image. Je vous laisse rédiger le communiqué de presse.

— Bien sûr, bredouilla Latika. C'est comme si c'était fait.

Leurs regards se happèrent, et des papillons s'agitèrent dans son ventre. Non seulement Gunnar ne s'opposait pas à l'idée de se ranger, mais sa vie, découvrait-elle, ne se résumait pas uniquement au sexe et au jeu. Ces révélations inattendues la troublaient malgré elle.

*Non*, décida Latika. Gunnar restait Gunnar. Un macho arrogant qui ne méritait que son mépris. Elle s'interdisait d'éprouver quoi que ce soit d'autre à son égard.

Gunnar aimait son existence débauchée. Si c'était avant tout pour contrarier son père qu'il avait adopté ce mode de vie, il n'avait pas boudé son plaisir. Le vieux roi était une relique du passé, incapable d'admettre qu'une femme puisse diriger le pays. Il n'avait jamais accepté que l'héritier du trône de Bjornland soit une héritière et avait tout fait pour empêcher Astrid de régner. Mais sa plus grande déception restait son fils unique, qui avait refusé de se rallier à lui pour renverser sa sœur jumelle.

Non, Gunnar n'avait jamais mordu à l'hameçon. Au contraire, il avait pris un malin plaisir à devenir l'antithèse d'Astrid. Alors que sa sœur menait une vie exemplaire, entièrement dévouée à son rôle, il s'était lancé dans une guerre sans merci contre la bienséance, piétinant les traditions les plus sacrées du pays. Bjornland était devenu indissociable de ses nombreux scandales.

Mais, à présent qu'Astrid était reine, son comportement posait problème. Quelque temps auparavant, une femme s'était présentée au palais en affirmant qu'il était le père de son enfant. Gunnar ne l'avait jamais vue de sa vie. Mais le doute s'était insinué en lui. Il avait beau toujours se protéger, aucun préservatif n'était fiable à cent pour cent. Et peut-être avait-il simplement oublié le visage de cette femme. La nécessité d'un test de paternité lui avait valu le mépris de l'opinion publique. Les critiques avaient plu dans les médias. Et avaient commencé à éclabousser Astrid.

La reine, insinuait-on, n'avait aucun contrôle sur le prince débauché. Son propre frère foulait aux pieds toutes les valeurs si chères au pays. Gunnar s'était réjoui lorsque ces critiques visaient leur père. Sa seule motivation était de protéger Astrid. Sa sœur était forte, mais elle ignorait tout des sombres machinations ourdies dans l'ombre derrière la façade de respectabilité. Gunnar, lui, combattait en première ligne. Il avait toujours protégé Astrid et continuerait à le faire.

Quitte à recourir à son insupportable assistante.

Latika était très séduisante, force lui était de l'admettre. Il avait toujours trouvé étrange qu'une telle perle reste dans l'ombre, reléguée à un poste ennuyeux à mourir. Une femme comme elle méritait d'être couverte de soie et de bijoux. De se prélasser des heures durant dans un bain parfumé avant d'aller retrouver son amant. Pas de passer sa vie à courir partout, le nez sur un agenda. Avec sa bouche généreuse et ses courbes affolantes, elle semblait faite pour l'amour. Au lieu de quoi, elle était la femme la plus rigide qu'il ait jamais connue. Sa beauté frisait l'imposture. Comme il mourait d'envie d'effacer cette ligne sévère qui durcissait ses lèvres, en les tourmentant jusqu'à leur arracher un soupir de plaisir !

Hélas, ce n'était pas à l'ordre du jour. Son monde changeait. Il lui fallait une épouse, à laquelle il devrait fidélité. Cette perspective le démoralisait. Quelle femme était capable de le distraire pour le restant de sa vie ? Aucune. Et, s'il mettait un terme à ses activités dangereuses telles que sauter en parachute ou pulvériser des records de vitesse sur l'autoroute, cette vie s'annonçait bien longue.

Non, décidément, l'idée n'avait rien de réjouissant. C'était pourtant le seul moyen de soutenir Astrid. Il l'avait toujours protégée dans l'ombre sans qu'elle n'en sache rien. Pas question de flancher aujourd'hui. Ce mariage, au fond, était un faible prix à payer. Pour elle, il se rangerait. La mort dans l'âme, mais il le ferait.

S'il ne devenait jamais roi de Bjornland, lui, Gunnar, restait maître de sa vie. Et, lorsqu'il avait pris sa décision, il s'y tenait.

# 2.

— Chose promise, chose due. Voici une large sélection d'épouses potentielles.

Latika posa l'épais dossier sur le bureau de Gunnar. Le prince arqua un sourcil insolent.

— Rien que cela ! Je le prends comme un affront.

Latika cilla de surprise.

— Pardon ?

— Mes critères concernant ma future épouse sont pointus. Je doute que beaucoup de femmes y répondent, observa-t-il.

— J'ai pensé que vous aimeriez avoir le choix, répliqua-t-elle, vexée de tant d'ingratitude.

Elle s'était démenée comme un diable pour dénicher toutes ces prétendantes, aussi belles que vierges de tout scandale.

— Je n'ai guère de temps à moi, soupira Gunnar. Quelle barbe de lire tous ces profils !

— Il est question de la femme qui partagera votre lit pour le reste de votre vie. En quoi est-ce barbant ?

— Même le sexe perd tout intérêt quand il devient un devoir.

Seigneur, il était vraiment impossible ! Latika l'aurait tué sur place. Soudain, le presse-papiers sur son bureau ne demandait qu'à devenir une arme létale.

— À votre avis, quel est le top cinq ? demanda Gunnar. Utilisez ce que vous savez de moi pour désigner les candidates les plus susceptibles de me plaire.

— Ce que je sais de vous m'inciterait plutôt à me jeter d'une falaise, repartit froidement Latika.

Le prince croisa les mains devant lui. Des mains striées de cicatrices, nota-t-elle pour la première fois. Étrange, chez un homme de son rang.

— Alors faisons un test, insista-t-il. Selon *vous*, quels seraient les cinq meilleurs partis pour moi ?

Latika serra les dents. Elle faisait cela pour Astrid, se répéta-t-elle comme un mantra. La reine lui avait sauvé la vie, et elle n'était pas près de l'oublier. Elle lui serait éternellement reconnaissante de l'avoir prise sous son aile. Aider Gunnar dans ses projets de mariage était une faible contrepartie à son soutien sans faille.

— Si je devais choisir, je me soucierais moins de vous plaire que de redorer votre image et celle de Bjornland, répondit-elle. Vos préférences personnelles sont secondaires.

Le prince darda sur elle un regard empli de malice.

— Vraiment ?

— Bien sûr. Le but de ce mariage est de servir le pays, n'est-ce pas ?

— Cependant, si je dois me retrouver enchaîné à une seule femme pour le restant de mes jours, j'aimerais avoir plaisir à fréquenter le lit conjugal.

Un sourire narquois étira ses lèvres.

— Mieux encore, j'aimerais une femme qui se laisse enchaîner au lit conjugal pour mon seul plaisir. Voilà qui donnerait du piquant à notre mariage.

Une vive chaleur envahit Latika. Elle dissimula son trouble derrière une expression blasée.

— Oui, oui… Le monde entier connaît votre penchant pour les pratiques sexuelles subversives. La subtilité n'est pas votre fort, Gunnar.

— Je déteste être subtil.

— Vous savez l'être, pourtant. Vous avez bien réussi à cacher l'existence de votre société.

Latika n'avait pas eu l'intention d'aborder ce sujet. Au contraire. Sa carrière secrète de magnat des affaires la fascinait, à son grand dam. Comme si elle n'était pas déjà assez captivée comme cela ! Quelque chose chez lui court-circuitait ses réactions, ce qui avait le don de l'irriter. À croire qu'elle ne valait pas mieux que toutes ces femmes qui se pâmaient devant lui.

— Justement, il n'y a pas d'ombre sans lumière, dit Gunnar. Mettre en avant certaines facettes de soi est le meilleur moyen de dissimuler le reste.

— Je vois. Quoi qu'il en soit…

Elle tria rapidement les profils dans le dossier et en sélectionna cinq.

— Voici les prétendantes que je choisirais pour vous.

— Allez-vous développer ou dois-je tout faire moi-même ?

— Qu'avez-vous fait, au juste, depuis que je suis entrée dans votre bureau ?

— Je respire. Je me maintiens en vie. Vous et le monde entier devriez m'en remercier, répondit-il avec une suprême arrogance.

— Je cache ma joie, ironisa Latika. La première candidate, Hannah Whitman, est anglaise. Cheveux pâles, teint diaphane… Une vraie poupée de porcelaine. Vous ferez un couple magnifique. À condition d'éviter le soleil…

Gunnar s'esclaffa. Son rire grave et franc éveilla de drôles de sensations dans son bas-ventre.

— Déficit en mélanine ou non, elle est ravissante, admit-il devant la photo. Qu'a-t-elle à apporter à notre alliance ?

— Elle vient d'une riche famille d'industriels et a fondé plusieurs associations en faveur des enfants en situation de handicap. Hannah ne se contente pas de signer des chèques. Elle met volontiers la main à la pâte.

— Je vois d'ici les photos d'elle entourée d'enfants reconnaissants…

— Cerise sur le gâteau, elle ne traîne aucune casserole.

— Tant mieux. J'en ai assez pour deux.

— La deuxième prétendante est Lily Addington, poursuivit Latika.

— Une autre Anglaise ?

— Oui. Sa famille possède des chevaux.

Gunnar fit la grimace.

— Trop de temps à l'hippodrome…

— Vous n'aimez pas les courses hippiques ?

— Non, je préfère les casinos. Plus glamour.

— Très bien. La troisième est Bim Attah, une jeune héritière nigérienne, ambassadrice des droits de la femme à l'ONU. Elle possède un doctorat de l'université d'Oxford et participe à la distribution de produits d'hygiène féminine aux femmes démunies à travers le monde.

Gunnar se laissa aller contre le dossier de son fauteuil, les mains croisées derrière la nuque.

— Un doctorat ? N'est-elle pas un peu trop qualifiée pour moi ?

— Vous possédez un titre. Cela surclasse tous les diplômes, non ? argua Latika.

— Un titre, on en hérite à la naissance. Un doctorat est le fruit d'années de travail, objecta Gunnar.

— Dois-je la rayer de la liste ?

— Non. Je n'ai aucun scrupule à viser plus haut que je ne mérite.

Latika décrivit brièvement les candidates suivantes. Gunnar mit son veto à toutes excepté les numéros un et trois.

— Entendu, soupira-t-elle. Je me charge d'organiser une rencontre avec ces deux jeunes femmes. Dans votre propre intérêt, essayez de ne pas être trop vous-même lors de ces entrevues.

— Je ne le suis jamais. C'est plus intéressant d'être quelqu'un d'autre, répliqua le prince.

— Si vous le dites.

Au même instant, son portable vibra dans sa main. Un numéro inconnu s'affichait sur l'écran. Étrange.

— Répondez, dit Gunnar. Ne vous gênez pas pour moi.

— Aucun risque.

Elle décrocha résolument. Elle travaillait pour la reine. Elle ne pouvait se permettre de manquer le moindre appel.

— Allô ?

— Latika Bakshmi.

Une voix masculine, dont le timbre rauque et familier lui donna la chair de poule.

— Oui ?

— Consultez votre boîte mail.

La communication coupa. Latika resta clouée sur place, le portable dans la main. La pièce tanguait autour d'elle. Elle ne savait plus où elle était, ni ce qu'elle faisait l'instant d'avant. Le regard pénétrant de Gunnar l'arracha à sa transe.

— Hum… Vous disiez ?

— Tout va bien ? demanda Gunnar.

— Oui, bien sûr.

— Vous êtes très pâle…

— Ce n'est rien. Juste une mauvaise plaisanterie.

Elle se força à sourire et appuya sur l'icône de sa boîte mail, en priant pour que Gunnar ne remarque pas le tremblement de sa main. En effet, un nouveau mail l'attendait, d'une adresse inconnue. Le message ne contenait qu'un seul mot.

Trouvée !

En dessous s'affichait une photo d'elle zoomée à l'extrême. On distinguait vaguement un pan de la robe de la reine, qui lui permit d'identifier l'événement.

Le mariage d'Astrid et Mauro.

Latika se tenait juste derrière Astrid, hors du feu des projecteurs. En quatre ans au service de la reine, elle avait toujours pris soin de rester invisible. Mais il avait fini par la retrouver.

Elle déglutit, une boule dans l'estomac. Ce n'étaient

pas ses parents qui étaient derrière cela. Elle en était certaine. Oh ! ils n'hésiteraient pas à l'arracher à sa nouvelle vie, persuadés d'agir pour son bien autant que le leur. Ils l'exhorteraient à penser à l'avenir en usant de paroles rassurantes pour l'amadouer. Mais jamais ils n'iraient jusqu'à une telle mise en scène.

Non, ce genre de menace était l'œuvre de l'homme qu'elle était censée épouser, aucun doute là-dessus. L'homme qu'elle avait fui, car plutôt mourir que devenir sa femme.

Elle inspira profondément et rangea son portable dans sa poche.

— Un problème ? s'enquit Gunnar.

— Aucun. Je réfléchissais, dit-elle, soucieuse de changer de sujet. Et je crois que le mieux serait d'organiser un grand bal.

— Un bal ?

— Oui, pour vos prétendantes.

— Seules deux d'entre elles m'intéressent, rappela le prince.

— Pourquoi vous limiter ? répliqua Latika. Vous aviez raison. L'alchimie entre deux personnes est importante. Donnez-leur une chance. Pas d'inquiétude, je m'occupe de tout.

Elle quitta le bureau de Gunnar, l'esprit en ébullition. Un tel événement ferait beaucoup parler, ce qui n'était guère judicieux dans sa position. D'un autre côté… le dispositif de sécurité serait renforcé, et l'intense couverture médiatique dissuaderait Ragnar de tenter quoi que ce soit. Il préférait agir dans l'ombre, trop soucieux de son statut au sein de la noblesse norvégienne pour brouiller ses relations avec la famille royale de Bjornland. C'était justement cela qui avait poussé Latika à postuler auprès d'Astrid : les liens politiques entre Bjornland et la Norvège, et le risque pour Ragnar de se compromettre s'il venait à s'aliéner la reine. Elle avait besoin d'être protégée, et les gardes du palais ainsi que l'attention décuplée dont le pays ferait l'objet lui fourniraient cette protection. Elle se raccrochait à cet espoir.

L'alternative était trop sombre à contempler.

# 3.

La semaine suivante vit le palais en effervescence sous la houlette de l'assistante de la reine. Gunnar, lui, restait tranquillement en retrait à profiter du spectacle.

— Je n'ai jamais vu Latika se démener autant, ce qui n'est pas peu dire, commenta Astrid un matin au petit déjeuner.

— En effet. Elle a pris les choses en main avec une admirable efficacité.

Gunnar n'avait pas mordu à l'hameçon. Il ignorait où sa sœur voulait en venir, mais elle n'avait pas abordé le sujet par hasard.

— Lui apportes-tu ton aide, au moins ?

— Et toi, l'aides-tu à organiser tes réceptions ? repartit Gunnar.

Astrid lui jeta un regard glacial.

— Latika est *mon* assistante, je te rappelle.

À cet instant, le mari d'Astrid entra dans la salle à manger, leur fils dans les bras. Gunnar avait mis du temps à accepter son beau-frère. Il ne lui faisait pas confiance, après la façon dont lui et sa sœur s'étaient rencontrés. Comment l'en blâmer ? Astrid avait amadoué Mauro afin de tomber enceinte et, lorsqu'il avait découvert le pot aux roses, ce dernier avait aussitôt exigé qu'elle l'épouse. Gunnar s'en était indigné. D'une part, l'homme était un roturier. D'autre part, il se méfiait de quiconque se permettait de manipuler sa sœur. En définitive, ses sentiments pour Astrid s'étaient révélés sincères, et ils vivaient un bonheur sans nuages. Gunnar peinait encore à s'y habituer.

— C'est différent, décréta Astrid en se levant pour embrasser Mauro et leur fils. Elle se charge de redresser tes torts. La moindre des choses serait de l'aider.

Gunnar pinça les lèvres. Il se fichait bien de ce qu'on pensait de lui. C'était pour elle qu'il se mariait, mais elle n'en saurait rien.

— Et que suis-je censé faire, au juste ? Vérifier que le punch soit assez alcoolisé ? railla-t-il.

— Je ne sais pas, soupira Astrid. Je m'inquiète de la voir se surmener. Je suis très attachée à elle.

— Oui, j'ai parfois l'impression que tu la préfères à moi. Qu'apprécies-tu tant chez elle ? La pauvre n'a aucun sens de l'humour.

— Ah non ? Pour ma part, je la trouve très drôle et d'excellente compagnie.

Elle le scruta d'un regard pénétrant.

— Peut-être le problème vient-il de toi…

— Tout le monde m'adore, réfuta Gunnar.

— Tout le monde te caresse dans le sens du poil, rectifia sa sœur. Latika, elle, n'attend aucune faveur.

Vraiment ? Gunnar en doutait. Les gens étaient tous opportunistes, prêts à se servir des autres en cas de besoin. Il était bien placé pour le savoir. Rien ni personne ne vous protégeait quand on avait décidé de faire de vous un pion. Pas même votre propre famille.

— Elle travaille pour toi, observa-t-il. Si elle a besoin d'un service, c'est vers toi qu'elle se tournera.

— Insinues-tu qu'elle fait semblant de m'apprécier ?

— Ne viens-tu pas d'insinuer que tous mes amis étaient des hypocrites ?

— Dois-je appeler les gardes pour vous séparer ? intervint Mauro d'un air amusé.

— Ce ne sera pas nécessaire, dit Astrid.

— Quand je vous vois, tous les deux, je regrette d'être fils unique…

— Oh ! je te le prête, si tu veux, plaisanta la reine.

Le sourire aux lèvres, ils s'attablèrent devant leur petit déjeuner. Gunnar contemplait, perplexe, cette paisible scène domestique. Était-ce vraiment la vie qui l'attendait ? Peut-être y trouverait-il son compte malgré tout. Bien sûr, ce qui l'unirait à sa femme ne serait jamais ce qu'Astrid et Mauro ressentaient l'un pour l'autre. Et aucun enfant ne naîtrait de cette union. Il n'était pas l'héritier. Ce n'était pas à lui de se soucier de la lignée royale, par ailleurs déjà assurée. Après l'enfance qu'il avait endurée, il était peu enclin à revivre la relation père-enfant, même dans l'autre sens.

La porte s'ouvrit, et Latika entra, ses cheveux noirs relevés en un chignon sévère, son maquillage minimaliste. Même ainsi, elle rayonnait. Il ignora la brusque tension entre ses cuisses.

— Navrée de vous interrompre, Votre Majesté. Nous avons rendez-vous avec votre styliste pour le bal.

— Et moi ? lança Gunnar.

— Vous porterez un smoking noir, répondit-elle d'un ton cassant.

Plus elle l'envoyait paître, plus il brûlait de la faire sienne. Dommage. Maintenant qu'il s'apprêtait à se marier, il n'en aurait jamais l'occasion. Depuis plusieurs années, il nourrissait un fantasme précis : plaquer l'assistante guindée de sa sœur contre le mur, s'agenouiller devant elle et retrousser son étroite jupe crayon sur ses hanches, puis draper ses longues jambes fuselées sur ses épaules et la propulser au septième ciel rien qu'avec sa langue.

Comme si elle avait lu dans ses pensées, elle tourna vers lui un regard de biche apeurée.

— C'est le fait de m'habiller qui vous dérange ?

— J'ignorais que vous aviez besoin de moi pour cela, éluda-t-elle. Bien sûr, je reste à votre disposition.

— Bon à savoir.

Les lèvres pincées, Latika quitta la pièce. Astrid le foudroya du regard.

— Tu veux bien arrêter de la harceler ?

— Je ne fais rien de tel.

— Tu es insupportable, le sermonna sa sœur. La dernière chose dont elle ait besoin est que tu sois sans cesse sur son dos. Quand apprendras-tu à te comporter en homme respectable ?

— C'est le but des festivités à venir, non ?

Gunnar n'était pas sûr de satisfaire ses attentes. Mais il pouvait toujours faire semblant. Si l'expérience lui avait appris une chose, c'était que les apparences, dans ce monde, comptaient autant que la réalité. Sinon plus.

Latika s'efforçait d'oublier son échange avec Gunnar, assise dans le salon privé d'Astrid. La reine était en pleine séance d'essayage pour le bal. La robe qu'elle admirait dans le miroir était un somptueux fourreau blanc brodé de perles, qui épousait sa silhouette telle une seconde peau.

— C'est étrange, non, d'attirer l'attention sur moi alors que le bal est donné en l'honneur de mon frère ? fit-elle remarquer.

— L'image du pays est aussi en jeu. Les femmes les plus en vue à travers le monde seront présentes dans l'espoir d'épouser Gunnar. Mais aucune ne doit être plus belle que la reine.

— Oh ! c'est un pari perdu d'avance. Mon frère attire les beautés rares comme le miel attire les abeilles.

— Ou le vinaigre, les mouches, commenta Latika.

Astrid s'esclaffa.

— C'est son piquant qui le rend si captivant, non ?

*Captivant.* Oui, le mot était juste. Et plus approprié que les autres qui lui venaient à l'esprit pour décrire Gunnar.

— Je suis trop pâle pour porter du blanc, grommela Astrid.

Elle balaya des yeux le portant croulant sous les robes de soirée.

— Et cet orange serait atroce sur moi. À toi, en revanche, il irait à ravir.

Elle désigna une robe alliant un long corsage à une jupe transparente froncée sur le côté par-dessus une doublure près du corps. Les motifs géométriques dorés apportaient une touche d'originalité. Oui, cette robe lui siérait sans doute à merveille, songea Latika. Dommage qu'elle eût plus que jamais besoin de rester invisible.

— Je m'en tiendrai à un noir classique, déclara-t-elle.

— Eh bien, pas moi, répliqua Astrid. J'aurais l'air d'un fantôme !

Elle poussa un soupir et la dévisagea d'un air soucieux.

— Tout va bien, Latika ?

— Bien sûr, pourquoi ?

— Tu as l'air tendue. Cela ne te ressemble pas. Tu adores organiser ce genre d'événement, d'habitude.

— Tu connais Gunnar. Toujours à me chercher des noises. Rien qui sorte de l'ordinaire.

Excepté les menaces qu'elle avait reçues. Mais elle réglerait cela elle-même.

Astrid secoua la tête.

— Oui, Gunnar et toi êtes comme chien et chat. Mais je ne crois pas que ce soit le problème.

— Qu'est-ce qui te fait dire cela ? s'étonna Latika.

— Je te connais. Nous sommes amies, non ? N'as-tu pas confiance en moi ?

— Si, bien sûr.

— Es-tu contrariée que Gunnar se marie ?

Latika manqua s'étrangler à cette question.

— Quoi ?

— Je ne suis pas aveugle, dit Astrid. Il y a quelque chose entre vous. Quand vous êtes ensemble, je ne sais jamais si vous allez vous entre-tuer ou vous sauter dessus.

Latika se raidit, les joues en feu. Le fait qu'Astrid ait remarqué sa fascination coupable pour Gunnar n'était pas bon signe. Était-elle à ce point transparente ?

— Le mariage de Gunnar ne me fait ni chaud ni froid, assura-t-elle.

— Alors de quoi s'agit-il ? Ne me dis pas que cela a à voir avec tes parents ?

Latika exhala un soupir.

— Pas exactement. Je… J'ai des raisons de penser que mon ex-fiancé m'a retrouvée.

— Mon Dieu, mais c'est terrible ! s'exclama Astrid. Tu aurais dû m'en parler tout de suite ! Je ferai tout mon possible pour te protéger.

— C'est plutôt à moi de faire en sorte que mes problèmes ne t'atteignent pas. Ne t'inquiète pas, je vais me débrouiller.

— Ce n'est pas ainsi que l'amitié fonctionne, la tança gentiment la reine. Tu es bien plus qu'une simple employée, tu le sais. N'est-ce pas grâce à toi que j'ai rencontré mon mari ?

— À vrai dire, je ne pensais pas que cela marcherait, confessa-t-elle. C'était un coup de chance. Ou peut-être le destin ? Quoi qu'il en soit, je n'ai aucun mérite. Si les choses avaient mal tourné, j'aurais été responsable de la pire décision de ta vie. La réputation du pays tout entier aurait souffert pour une simple aventure d'un soir…

— Mais ce n'est pas arrivé, intervint Astrid. Tu m'as fait confiance quand j'ai sollicité ton aide. Crois-moi, ils sont peu nombreux à l'avoir fait dans ma vie. La plupart des gens doutent de mes capacités simplement parce que je suis une femme. Seuls ma mère, Gunnar et toi m'avez toujours crue à même de diriger le pays et de prendre les bonnes décisions.

— Je vois.

C'était le problème, avec Gunnar. Il vouait un soutien inconditionnel à sa sœur. Bien sûr, il en avait voulu à Latika d'avoir comploté avec Astrid afin que cette dernière accède au club de Mauro. Cette histoire l'avait mis hors de lui, et cela se comprenait. Elle ne l'en respectait que davantage.

Une ancienne loi de Bjornland autorisait la reine à se déclarer seul parent de son héritier. C'est avec ce but en tête qu'Astrid avait projeté de tomber enceinte de l'homme le moins recommandable au monde, certaine qu'il ne voudrait rien avoir à faire avec le bébé. Mais Mauro ne l'avait pas entendu de cette oreille. Astrid, en plus d'un enfant, avait gagné un mari qu'elle aimait de tout son cœur. Rien ne s'était passé comme prévu. Mais le résultat dépassait toutes leurs espérances.

Latika n'avait jamais vu Astrid aussi heureuse. C'était ce qui arrivait, songeait-elle, quand on était libre de choisir sa propre vie. Au risque de commettre des erreurs. Parfois, c'étaient justement ces erreurs qui vous faisaient prendre le bon chemin et accomplir votre destin. Avoir le choix, tomber amoureuse, fonder une famille… Latika en rêvait. Comme elle enviait le bonheur d'Astrid et Mauro ! Elle voulait vivre, pas juste survivre. Mais, avec Ragnar à ses trousses, ce rêve, si banal pour tant d'autres, lui demeurait inaccessible.

— Que puis-je faire pour t'aider ? insista Astrid. Nous sommes amies. Tes problèmes sont aussi les miens.

— Je pense sincèrement qu'être ton assistante est ma meilleure protection. Bien sûr, il faudra renforcer la sécurité du bal. De nombreuses jeunes femmes très en vue vont venir tenter leur chance auprès de Gunnar. Quant à celles qui ne l'ont jamais rencontré, nul doute qu'elles sauteront sur l'occasion.

— Ah ! je le savais ! s'exclama la reine. Tu trouves mon frère attirant !

— Une araignée sur sa toile peut être très belle. Ce n'est pas pour autant que j'aimerais l'avoir sur moi, se défendit Latika.

Astrid secoua la tête.

— Une araignée ? Non. Un prédateur, certainement. Un loup, comme ceux de nos montagnes. Impitoyable s'il le faut, mais prêt à tout pour protéger sa meute.

Gunnar est le mâle alpha par excellence, autant leader que protecteur.

— C'est bien cela le problème. Difficile pour deux alphas de s'entendre…

— C'est l'histoire de mon mariage. Mais Mauro et moi avons appris à nous laisser guider par l'autre. C'est agréable de lâcher prise, de temps en temps.

Latika pinça les lèvres.

— Oui, eh bien… Pour ma part, je me contenterai de lui trouver une autre femme à tourmenter.

Astrid désigna la sublime robe orange sur son cintre.

— Es-tu sûre de ne pas vouloir la porter ce soir ? demanda-t-elle.

— Sûre et certaine. Je ne suis pas une de ses prétendantes. Il faudrait vraiment que je sois désespérée pour me tourner vers lui.

Un sourire voltigea sur les lèvres de la reine.

— Eh bien, espérons ne pas en arriver là.

# 4.

Le soir du bal, tout était parfait. Latika se félicitait du résultat. Elle avait ignoré la robe orange qu'Astrid avait fait déposer dans sa chambre, au profit d'un simple fourreau noir accessoirisé de quelques bijoux en or. Une tenue discrète qui lui permettrait de se fondre dans le décor.

Et quel décor ! La salle de bal était absolument somptueuse, du sol en marbre au plafond orné de délicates dorures, en passant par l'énorme chandelier brillant tel un soleil au centre de la pièce. Dans une vingtaine de minutes, les lieux seraient investis par une nuée de splendides jeunes femmes rivalisant de charme pour les beaux yeux de Gunnar.

Un bruit de pas derrière elle lui fit tourner la tête.

*Seigneur !*

Il était à se damner dans son smoking noir sur mesure. Elle qui s'était désintéressée de sa tenue quelques jours plus tôt comprenait soudain son erreur. Gunnar ainsi vêtu affolait les sens au mépris de toute raison. Avec ses larges épaules, ses cheveux un peu trop longs coiffés en arrière et sa barbe faussement négligée, il évoquait un de ces féroces Vikings d'autrefois. L'image n'était pas pour lui déplaire. Et, pour la première fois, un vide s'ouvrit dans sa poitrine.

Une autre femme danserait avec lui, ce soir. Et à tous les autres bals à venir. Jamais elle ne saurait ce que c'est d'être enlacée par ces bras puissants…

Elle serra la mâchoire. Encore à fantasmer sur Gunnar !

Depuis quand se laissait-elle gouverner par ses hormones ? Elle n'avait jamais eu ce luxe. Ce qui la portait, c'était la nécessité de survivre. D'aller de l'avant sans se retourner et de tailler sa propre route. La vie qu'elle menait n'était peut-être pas parfaite, mais elle en était fière. Gunnar n'avait rien à lui apporter. Son attirance pour lui était un désagrément plus qu'autre chose. L'homme lui sortait par les yeux !

— Vous avez accompli un travail remarquable, affirma-t-il.

Elle ignora le frisson de plaisir que lui procura ce compliment.

— Merci.

— Et, dans quelques instants, je serai le morceau de viande agité sous le nez de la meute de chiens.

L'éclat malicieux de son regard libéra une nuée de papillons dans son ventre.

— Il n'y a aucun chien, ici. Seulement un loup, répliqua-t-elle, faisant écho aux mots d'Astrid.

Il sourit. D'un sourire carnassier, jugea Latika.

— Peut-être…

— Devant lequel vont défiler les innocentes brebis, termina-t-elle.

— Très évocateur. Êtes-vous le petit chaperon rouge dans cette métaphore ? Car je ne serais pas contre vous manger toute crue.

Ses yeux bleus brillaient de convoitise. Latika fronça les sourcils. Se pouvait-il qu'il soit sérieux ? Quel intérêt de lui faire des avances ? Ce soir, l'éventualité que quelque chose se passe entre eux s'éloignait définitivement. Un inexplicable regret s'insinua en elle à cette idée. Chaque fois qu'il la provoquait, elle avait mis cela sur le compte de sa personnalité. C'était juste sa façon d'être. Pas un instant elle n'avait envisagé qu'il puisse être réellement attiré par elle.

— Je ne suis pas un personnage de conte de fées, Gunnar. Et méfiez-vous, je mords aussi.

Un frisson lui remonta le long de l'échine lorsqu'il s'approcha.

— Est-ce une menace ou une promesse ? J'aime les femmes qui font preuve d'initiative.

— Alors tâchez d'en trouver une parmi vos prétendantes de ce soir, répliqua Latika.

— Je doute que la moindre tigresse se cache parmi elles…

— Tel est le prix de la respectabilité.

— Insinuez-vous que vous n'êtes pas une femme respectable, Latika ?

— Tout dépend de votre définition du terme.

Gunnar la dévisagea avec un intérêt non dissimulé.

— J'espère être fixé un jour, susurra-t-il.

Latika serra les dents.

— Vous êtes sur le point de vous marier, lui rappela-t-elle. Votre vie ne sera plus jamais la même.

— Hélas.

Elle s'éclaircit la gorge en prenant un air affairé.

— C'est bientôt l'heure d'ouvrir les portes. Je m'occupe de faire entrer le personnel. Vous aussi, mettez-vous en position.

Gunnar arqua un sourcil moqueur.

— Une préférence ? Missionnaire, je parie ?

Latika sentit ses joues s'enflammer, excitée malgré elle. Ils n'étaient pas censés avoir ce genre de conversation. Surtout ce soir. Mais, puisque Gunnar s'apprêtait à se fiancer, où était le danger ? Ce n'était qu'une énième joute verbale entre eux, rien de plus. Aucun risque qu'ils passent à l'action.

— Vous auriez l'air ridicule en position du missionnaire, répliqua-t-elle.

— Tout le monde ne partage pas cet avis.

Au même instant, les larges portes s'ouvrirent, et le personnel commença à entrer. Latika fut bientôt si occupée qu'elle en oublia son échange avec Gunnar. Veiller au bon déroulement du bal lui apportait une distraction bienvenue, tant aux troublantes sensations qu'éveillait en elle le prince qu'à son angoisse liée aux menaces de Ragnar. Les nombreux gardes postés un peu partout contribuaient à la rassurer. Personne ne tenterait quoi que ce soit contre elle entre les murs du palais.

Après avoir vérifié une dernière fois que tout était en place, elle s'éclipsa dans l'antichambre afin de finaliser les derniers détails de l'entrée de la reine.

Astrid et Mauro étaient à couper le souffle. Le couple parfait par excellence. Astrid avait finalement jeté son dévolu sur une splendide robe vert émeraude, tandis que son mari lui faisait honneur dans un élégant smoking noir. Mauro était très bel homme, c'était indéniable. Le type méditerranéen au charme ténébreux qui invitait au vice. Mais c'était la beauté sauvage, typiquement nordique de Gunnar, qui embrasait les sens de Latika. Une tentation à laquelle elle mourait d'envie de succomber.

Elle secoua la tête et entra d'un pas résolu dans la salle de bal, à présent emplie de jeunes créatures papillonnant dans leurs robes colorées comme autant d'oiseaux exotiques. Gunnar avait exprimé sa préférence pour deux d'entre elles, mais les invitées l'ignoraient. Toutes, célibataires ou non, s'étaient parées de leurs plus beaux atours.

Latika signala discrètement à l'assemblée l'arrivée imminente du couple royal. Astrid et Mauro firent leur entrée et traversèrent la foule, qui s'écarta sur leur passage, avant d'aller prendre place sous le dais d'honneur. Tout se déroulait sans accroc, pour la plus grande fierté de Latika. Peut-être n'avait-elle encore ni mari ni enfants et ne vivait-elle pas pleinement la vie de son choix. Mais cette vie-ci lui plaisait. Un joli pied de nez à ses parents qui ne songeaient qu'à la marier. Aujourd'hui, elle menait avec succès une brillante carrière professionnelle.

L'humeur allégée, elle s'autorisa à se relaxer et s'esquiva afin de superviser le service. C'est en chemin vers les cuisines qu'elle tomba sur lui.

Ragnar.

Son estomac se noua. Il n'avait même pas la décence d'être hideux. Non, c'était un homme d'âge mûr exsudant charme et prestance avec ses cheveux poivre et sel et sa barbe soignée. Nombreuses étaient les femmes de tous âges à rechercher ses faveurs. Mais Latika connaissait sa cruauté. Une vie avec lui serait un véritable cauchemar. Après tout ce temps, il persistait à la pourchasser, moins parce qu'elle lui plaisait que par désir de lui faire du mal, devinait-elle. Une sueur froide lui coula entre les omoplates.

— Ma chère Latika, lança-t-il d'une voix doucereuse. Cela fait si longtemps…

— Ce n'est pas un hasard.

Elle commença à reculer vers la salle de bal. L'endroit fourmillait de gardes. Elle pourrait appeler à l'aide.

— Je ne suis pas assez stupide pour agir au palais, dit Ragnar. Je voulais juste que tu saches que je ne suis pas loin. Essaye de quitter le pays, et mes agents t'intercepteront aussitôt. Maintenant que je t'ai retrouvée, tu ne seras plus jamais à l'abri. Je te ramènerai en Norvège et ferai de toi ma femme avant que tu aies le temps de protester.

— Et pourquoi vous épouserais-je ? répliqua-t-elle avec bravade.

Il se délectait de la peur qu'il suscitait. Elle ne lui montrerait pas la sienne.

— Parce que la solution alternative te plairait encore moins, susurra Ragnar. Vois-tu, ma chère Latika, tu as fait un mauvais calcul. En te rendant invisible à mes yeux, tu t'es rendue invisible au monde entier. Je n'aurai aucun mal à te cacher. Tu manqueras à la reine, certes. Mais quelles forces mobilisera-t-elle en dehors de son pays ? L'indignation publique ne sera jamais assez forte pour justifier une telle action.

Latika sentit une terreur sourde infiltrer ses os. Un rictus étira les lèvres de Ragnar.

— Tu n'as aucune issue. Je serai là toute la soirée.

— Je peux vous faire chasser du palais, menaça-t-elle.

— Pour quel motif ? Je n'ai rien fait. Tu es trop intelligente pour prendre le risque de créer un incident diplomatique, n'est-ce pas ?

Latika n'écouta pas la suite. Elle tourna les talons et s'enfuit en courant. Elle courut jusqu'à la salle de bal et referma la porte derrière elle, une main pressée sur la poitrine. C'est là qu'elle le vit. Gunnar, en train de danser avec l'une des candidates. La brillante activiste nigérienne. Une idée germa dans son esprit.

La fin justifiait les moyens.

Elle n'avait plus le choix.

Déterminée, elle traversa la salle de bal et sortit par une porte opposée, menant à sa chambre. La porte de son salut. Astrid l'ignorait, mais elle lui avait fourni une échappatoire. Latika ne laisserait pas cette chance lui filer entre les doigts.

Gunnar dansait avec sa troisième prétendante de la soirée quand le brouhaha de voix mourut autour de lui. Il se retourna et suivit le regard des autres. À l'entrée de la salle se tenait Latika, vêtue d'une époustouflante robe orange et or, ses cheveux noirs ramenés en une cascade soyeuse sur une épaule. Elle n'avait plus rien d'une assistante, en cet instant. Lorsqu'elle descendit l'escalier, les gens s'écartèrent comme ils l'auraient fait devant une princesse. Délibérément, elle capta son regard, et un feu embrasa ses entrailles.

À quel jeu jouait-elle ? Il n'avait jamais caché son attirance pour elle. En matière de sexe, il n'était pas du genre à tourner autour du pot. Et voilà qu'elle changeait radicalement de style. Sa robe noire moulante lui allait à ravir, mais c'était une tenue destinée à la rendre invisible. Et cela aurait fonctionné sur n'importe quelle femme. Excepté Latika. Jamais elle ne saurait se rendre invisible à ses yeux.

Hélas, elle était et resterait un désir inassouvi. Une

source de frustration pour Gunnar, qui ne se refusait rien. Après avoir échappé à l'emprise de son père, quand ce dernier avait compris qu'il ne réussirait jamais à le manipuler, il s'était plongé corps et âme dans un monde d'infinis plaisirs sensuels.

Luxe. Alcool. Gastronomie. Femmes.

L'essentiel de son temps, il le passait sous des cieux plus ensoleillés que ceux des froides contrées de Bjornland.

Il avait oublié ce que c'était d'être contrarié dans ses désirs.

Puis était arrivée Latika.

S'il n'aurait aucun scrupule à la faire sienne d'ici son mariage, ce bal censé lui faire rencontrer sa future épouse n'était sans doute pas le lieu idéal pour commencer un tel rapprochement. Mais Latika semblait d'un autre avis. Elle s'avançait droit vers lui, d'une démarche séductrice et sûre d'elle.

Il la désirait, depuis le premier jour où elle était entrée au service de sa sœur. Leurs perpétuelles joutes verbales n'avaient fait qu'accroître son envie d'elle. Elle paradait maintenant devant lui, avec l'air de penser qu'il n'oserait jamais passer à l'action. Comme s'il était homme à se laisser dicter sa conduite…

— Si vous voulez bien m'excuser, dit-il à sa partenaire, dont il avait déjà oublié le nom.

Il alla à la rencontre de Latika qui, à sa surprise, accéléra le pas. C'est tout juste si elle ne se jeta pas à son cou.

— M'accorderez-vous cette danse, prince Gunnar ?

— À quoi jouez-vous ? chuchota-t-il.

— Je suis vraiment désolée, mais vous êtes mon seul espoir, murmura-t-elle. Je ne pense pas nuire à votre cause, au contraire.

— Comment ?

— J'ai besoin que vous m'épousiez et que vous l'annonciez ce soir.

— Latika…

Sans crier gare, elle se hissa sur la pointe des pieds et planta les lèvres sur les siennes.

Rien ne déstabilisait Gunnar. L'idée même qu'on puisse le surprendre avait de quoi le faire rire. Les gens étaient si prévisibles qu'ils en devenaient ennuyeux. Latika ne faisait pas exception. Elle le défiait et poussait leurs échanges à la frontière de la décence, sans jamais toutefois la franchir. À aucun moment elle ne l'avait choqué.

Jusqu'à ce soir.

En une fraction de seconde, elle avait suspendu le temps dans la salle de bal. Il y avait quelque chose de désespéré dans son baiser auquel son instinct répondit. Il glissa un bras autour de sa taille et la plaqua contre lui, oublieux de leur public. Quelle importance, puisqu'il embrassait enfin cette femme qui lui tenait tête depuis trop longtemps ?

Il prit le contrôle et pencha la tête, profitant de sa surprise pour glisser la langue entre ses lèvres, puis de son gémissement étouffé pour approfondir leur baiser. Ce n'est que quand leurs bouches se détachèrent que l'indubitable vérité s'imposa à lui. Elle l'avait piégé.

— Tout le monde nous regarde, souffla-t-elle, confirmant ses soupçons. Vous ne pouvez plus faire marche arrière.

— Sorcière… Vous aviez tout manigancé depuis le début ?

— Je vous jure que non.

— Ma sœur sait-elle que vous n'êtes qu'une vulgaire aventurière ?

— Votre sœur connaît la vérité.

Il tourna la tête vers Astrid, qui suivait la scène avec une étonnante équanimité. Si elle avait soupçonné Latika de chercher à lui mettre le grappin dessus pour son titre, elle serait déjà intervenue. Elle aurait marché droit sur eux et exigé haut et fort que cesse cette mascarade. Au lieu de quoi, elle se contentait de les observer, semblant attendre la suite.

— Vous devez annoncer votre intention de m'épouser,

chuchota Latika. Un homme dangereux menace de m'enlever. Pas ici. Mais à la seconde où je quitterai l'enceinte du palais, il mettra sa menace à exécution.

Elle déglutit.

— Il m'a dit que mon anonymat scellerait mon sort et il n'a pas tort. Si je disparaissais, personne ne s'en inquiéterait. Mais si j'étais votre femme… Gunnar, si je deviens votre femme, non seulement je contribuerai à redorer votre image, mais vous me sauverez de cet homme. La disparition d'une princesse soulèverait une tempête médiatique. S'il vous plaît, aidez-moi.

Gunnar n'hésita pas une seconde. Ils reviendraient sur les détails plus tard. Mais, si ce que disait Latika était vrai, elle avait besoin de sa protection. Peu lui importait quelle femme il épousait. Autant choisir celle qui implorait son aide et enflammait son désir.

— Très bien. Considérez que nous sommes fiancés.

Il lui prit la main et l'entraîna devant Astrid. Latika affichait un visage décomposé, peu digne d'une future mariée à l'aube du plus beau jour de sa vie. Elle devrait remédier à cela.

— J'ai besoin que tu fasses une annonce, dit-il à sa sœur. Ma future femme, que je cherchais aux quatre coins du monde, était en réalité sous mes yeux depuis le début.

Astrid regarda Latika.

— Es-tu en danger ?

— Je le serai si aucune mesure n'est prise.

— Je suis la mesure en question, intervint Gunnar. J'imagine que tu étais au courant ?

— Oui, admit la reine.

— Nous en discuterons plus tard. Pour l'instant, rends-moi service.

— Je crois que c'est à toi d'annoncer la grande nouvelle.

Gunnar se tourna vers l'assemblée. Il avait l'habitude d'être au centre de l'attention. La plupart du temps, il la courtisait. Excepté dans la sphère d'Astrid. Il avait toujours pris soin de ne pas faire d'ombre à sa sœur. Cela faisait enrager leur père.

Mais, à l'instant même, il était sûr de lui. C'était la seule décision qui s'imposait.

— Merci à toutes et à tous d'être venus ce soir, lança-t-il à la ronde. J'ai l'immense plaisir de vous annoncer que je vais me marier. Un plaisir d'autant plus grand qu'il est partagé en si prestigieuse compagnie. Mon mariage avec Latika Bakshmi aura lieu dans deux semaines. Vous avez ma permission d'ébruiter la nouvelle. Après tout, vous savez combien j'aime être sous le feu des projecteurs.

Sur ces mots, il enlaça Latika et prit sa bouche avec fougue. Tout respectable qu'il aspirait à devenir, jamais on ne le dompterait. Latika ferait bien de retenir la leçon. Il la protégerait, mais ne lui appartiendrait pas. Il n'appartenait à personne.

Ni à son père.

Ni à Bjornland.

Il n'agissait qu'en fonction de ses propres choix. Il n'en était pas arrivé là en étant faible. Personne ne lui lavait le cerveau, que ce soit par manipulation mentale ou torture physique. Il l'avait prouvé. Et avait toujours gardé le secret, soucieux qu'Astrid n'apprenne jamais à quelles extrémités son père avait été prêt pour se débarrasser d'elle. Pas au point de l'assassiner de ses mains… Seulement d'encourager son frère à s'en charger à sa place.

Mais Gunnar était incorruptible. Il veillait sur ceux qui lui étaient proches. D'abord, sa sœur. Et bientôt, sa femme, Latika. Elle aussi, il la protégerait. Envers et contre tout.

# 5.

Latika fouilla des yeux la salle et repéra Ragnar debout dans le fond. S'il n'était pas si soucieux de sa propre sécurité, qui sait s'il n'aurait pas braqué une arme sur elle devant tout le monde ? Mais jamais Ragnar ne se salirait les mains, ni ne se mettrait en danger. Il avait beau être le mal incarné, il tenait trop à ses privilèges. Il se contenta donc d'assister à la scène, réduit à l'impuissance par cette alliance inattendue entre elle et l'homme le plus influent de la pièce.

Elle n'était plus invisible, désormais. Toute action contre elle, en plus de créer un incident diplomatique, soulèverait une véritable vague de soutien international. Car si Gunnar était largement décrié dans son pays, le prince play-boy, avec son physique de rêve et son côté mauvais garçon, fascinait le reste du monde. Le scandale séduisait toujours plus que l'exemplarité.

À condition d'être un homme.

C'est donc aux frasques de Gunnar que Latika devait son salut. Si l'on pouvait parler de salut… Un mauvais pressentiment la rongeait de l'intérieur. N'avait-elle pas échappé au chasseur seulement pour se jeter dans la gueule du loup ? Certes, Gunnar ne lui ferait aucun mal. Mais le mariage était pour la vie. On ne divorçait pas aisément d'un prince. S'ils venaient à se séparer, la réputation de Gunnar serait ternie, tout comme celle d'Astrid.

Debout au centre de l'attention générale, une position qu'elle avait méticuleusement évitée ces quatre dernières années, Latika oscillait entre triomphe et résignation. Que lui réservait l'avenir, maintenant qu'elle s'était placée en position de dépendance ? Elle n'avait réussi qu'à troquer une prison contre une autre. Au moins, son nouveau geôlier ne la laissait pas indifférente…

Elle se maudit aussitôt pour cette pensée. Soudain, elle prenait la pleine mesure de ce qu'elle avait fait. Gunnar s'attendait-il à un vrai mariage ? Voudrait-il des enfants ? Elle n'avait pas le choix. Elle devait s'unir à lui légalement afin de priver Ragnar de tout pouvoir d'action contre elle. Oui, cette victoire lui laissait un goût amer. Elle qui avait fui un mariage arrangé s'était elle-même condamnée à une autre union de convenance.

Mais c'était *son* choix. *Son* initiative. Ses lèvres frémissaient encore après ses deux baisers avec Gunnar. C'était la première fois de sa vie qu'elle embrassait un homme. Dans deux semaines, elle partagerait le lit de son mari. Et l'idée était loin de lui déplaire.

*Peut-être existait-il une autre solution. Peut-être as-tu feint de ne pas la voir parce que tu voulais que les choses se passent ainsi.*

Elle ignora cette petite voix dans sa tête et se força à sourire.

— À présent, si tu veux bien nous excuser, dit Gunnar à Astrid. Latika et moi aimerions fêter nos fiançailles en privé.

Latika sentit un bras musclé s'enrouler autour de sa taille et se vit entraîner d'autorité hors de la salle de bal. Sitôt dans le couloir, Gunnar se tourna vers elle.

— Pas ici, protesta-t-elle.

— Où ?

— Votre chambre. C'est mieux gardé.

— Est-ce une excuse pour avancer la nuit de noces ? Je ne suis pas contre…

Latika feignit de ne pas avoir entendu.

— Allons-y.

La main de Gunnar dans le creux de son dos diffusait

une douce chaleur à travers son être. À peine entraient-ils dans sa chambre qu'il ferma la porte derrière eux. Ses yeux luisaient d'un éclat d'acier lorsqu'il lui fit face.

— Sois franche, Latika. Avais-tu tout planifié ?

— Non, je te l'ai dit.

Spontanément, ils étaient passés au tutoiement. Ils étaient fiancés, après tout.

— L'homme que je fuis est dans la salle de bal, ajouta-t-elle. Il s'appelle Ragnar Stevenson.

Une grimace déforma les traits de Gunnar.

— Je le connais. Il a mauvaise réputation. Ses penchants sexuels ne sont pas de ceux que j'approuve, et Dieu sait que je suis ouvert dans le domaine. À condition qu'il y ait consentement mutuel. Lui semble moins à cheval sur ce principe.

— Oui, c'est ce que j'ai entendu dire. Il aime faire souffrir ses partenaires, de préférence sans leur demander leur avis, murmura Latika en frissonnant.

— Pourquoi s'intéresse-t-il à toi ?

— Mes parents sont très riches. Ils appartiennent à l'élite américaine. Ce qui leur manque, c'est un titre qui les rattache à la vieille noblesse d'Europe, expliqua-t-elle. En apprenant qu'ils m'avaient promise à un étranger, je me suis renseignée. C'est le père d'une amie qui m'a mise en garde et m'a conseillé de fuir. J'ai bien tenté de les prévenir, mais ils ne m'ont pas crue. Ils m'ont accusée de faire la fine bouche et de m'opposer par principe au mari qu'ils m'avaient choisi. Le père de mon amie les a convaincus de mentir sur ma disparition. Sans quoi, il rendrait public leur dessein de me marier à un monstre.

— Quel prétexte ont-ils inventé ?

Latika roula des yeux.

— Une histoire de retraite spirituelle en Inde. Ils n'allaient pas avouer que je me cachais d'eux.

— Comment en es-tu venue à contacter Astrid ? questionna Gunnar.

— Elle cherchait une assistante en se renseignant

discrètement dans l'Upper East Side, répondit Latika. Une reine ne publie pas ce genre d'annonce dans les journaux. Mais j'en ai eu vent et j'y ai vu la cachette idéale. Entre mon carnet d'adresses fourni et mon expérience dans l'événementiel mondain, je me savais compétente pour le poste. Le reste, je l'apprendrais sur le tas.

— Astrid t'a engagée sans vérifier ton identité ?

Latika secoua la tête.

— Non, je lui ai tout raconté. Cela aurait été malhonnête de ma part de chercher refuge auprès d'elle sans lui expliquer ma situation.

La tension s'évapora des traits de Gunnar.

— Tu lui as donc dit la vérité ?

— Bien sûr. Toutefois, elle seule était au courant.

— Cela se comprend.

— Et maintenant, que faisons-nous ? demanda Latika.

Comme si toute cette histoire était la faute de Gunnar… C'était pourtant bien elle qui s'était jetée à son cou à la vue de tous. Passé l'urgence initiale, elle se sentait totalement dépassée par les conséquences de son acte.

— Seul un mariage en bonne et due forme écartera toute menace, déclara Gunnar.

— Oui, j'en suis venue à la même conclusion, murmura-t-elle. Des fiançailles me donneraient une indéniable visibilité et tiendraient Ragnar à distance. Mais une séparation me ferait passer pour la méchante de l'histoire.

Gunnar s'esclaffa.

— Je suis le prince play-boy. Comment pourrais-tu être tenue pour responsable de notre rupture ?

— L'opinion publique est toujours plus indulgente envers les hommes, Gunnar.

— C'est vrai, concéda-t-il. Cette disparité est d'autant plus flagrante quand on est le frère de la reine. Astrid a toujours eu un comportement exemplaire. Pourtant, sa capacité à diriger le pays ne cesse d'être remise en question. C'est plutôt moi dont on devrait douter. Je n'ai jamais projeté l'image d'un homme stable ou compétent, même si je le suis. Astrid, elle, a beau être entièrement dévouée à Bjornland, ce n'est jamais assez. Notre père, plus que quiconque, m'estimait plus habilité à monter sur le trône du seul fait que je possède un pénis.

— C'est injuste, soupira Latika. Mon seul recours serait d'invoquer une infidélité de ta part. Mais le but même de ce mariage était d'améliorer ta réputation. Je ne peux pas faire cela à Astrid.

— En effet. Une union légale est la meilleure solution, conclut Gunnar. Pour plus de sûreté, ajoutons-y une épée de Damoclès.

— Laquelle ?

— Il se trouve que j'ai fréquenté les mêmes cercles privés que Ragnar. J'ai eu vent de nombreuses allégations concernant ses pratiques. Ces témoignages ne suffiraient sans doute pas devant un tribunal. Mais, dans notre pays, la Couronne dispose du droit de contourner la justice si elle juge qu'un individu pose une grave menace. Qu'il remette les pieds à Bjornland, et il sera immédiatement arrêté.

— Tu pourrais faire cela ?

— Oui, au risque de provoquer un tollé international. Mais je crois que la crainte de finir en prison le dissuadera de franchir nos frontières. S'il apparaît dans nos registres d'immigration, je me charge de lui. Toutefois, cette mesure ne te protégera qu'ici, ajouta-t-il. Seule la notoriété publique apportée par notre mariage te mettra définitivement à l'abri. Sur ce point, il avait raison. C'était idiot de sa part de le souligner. Comme si une femme assez intelligente pour lui échapper depuis plusieurs années allait reculer maintenant… Il t'a clairement sous-estimée.

— Ce sont les femmes en général qu'il sous-estime, commenta Latika. Pouvons-nous vraiment régler cela en deux semaines ?

— Le plus tôt sera le mieux. M'épouser et te mettre en avant est le moyen le plus rapide de neutraliser la menace. Puisque tu as perdu ton invisibilité, faisons en sorte que tu deviennes célèbre dans le monde entier.

— Combien de temps ce mariage doit-il durer ?

— Désolée, ma chère. Le mariage, c'est pour la vie.

— Mais je…

— Tu pensais pouvoir m'utiliser comme solution temporaire ? la coupa Gunnar. Grave erreur. C'était très malin de te jeter à mes pieds en réclamant ma protection. Mais nous sommes une famille royale. Aucun divorce ne doit ternir la Couronne.

— Je comprends.

— Cela n'a jamais empêché mes parents d'aller voir ailleurs…

L'idée répugna instinctivement à Latika.

— Je ne vois pas l'intérêt de te tromper, décréta-t-elle tout net.

— Quel dévouement ! Je suis touché, ironisa Gunnar.

— Et si cela s'ébruitait ? Nous n'avons pas besoin d'un nouveau scandale, se justifia-t-elle.

— Très bien. Libre à toi de mener ta vie comme tu l'entends.

— Et toi ?

— En ce qui me concerne, tu n'as pas ton mot à dire.

Il avait raison. Elle s'était servie de lui en saisissant la chance qui se présentait à elle. Mais Gunnar n'avait jamais vraiment perdu l'avantage. C'était lui qui se trouvait en position de force. Il allait se marier de toute façon. Que ce soit avec elle ou une autre lui importait peu. Elle seule se voyait aspirer dans une vie qu'elle n'avait pas choisie, liée à un play-boy à la réputation sulfureuse. Un homme qu'elle ne supportait pas…

Mais qui la fascinait malgré elle.

Et possédait sa propre société de plusieurs millions de dollars.

Se pouvait-il qu'il y ait plus sous la surface qu'elle ne l'avait toujours supposé ?

Pour autant, comment envisager de partager toute une

vie avec lui ? Cinq minutes dans la même pièce et elle devait se retenir de lui jeter un objet à la figure !

— J'imagine...

C'était la seule lumière au bout du tunnel. La seule chose qu'elle désirait par-dessus tout.

— J'imagine qu'il y aura des enfants...

— Non.

Elle crut avoir mal compris.

— Pardon ?

— Je ne veux pas d'enfants.

Les mots bourdonnaient à ses oreilles, dépourvus de sens.

— Mais un prince a besoin d'héritiers, balbutia-t-elle.

— Ma sœur a déjà assuré la perpétuation de la lignée royale.

— Et si quelque chose arrivait à son fils ? Je prie pour que cela n'arrive jamais. Mais la possibilité doit être envisagée, non ?

— Crois-moi, ils sont bien partis pour nous remplir le palais d'enfants. Mauro est italien, je te rappelle.

Latika poussa un soupir.

— Tu es incorrigible...

— En effet.

Il haussa les épaules.

— Mon père était un tyran. Je n'ai aucun désir de devenir père à mon tour. Ce mot est à jamais souillé pour moi. Et puisque je n'ai pas besoin d'héritier...

— Mais songe à l'image positive qu'une famille te donnerait auprès des médias, déclara Latika.

— Ils devront se contenter de jolies photos de nous à divers galas et réceptions. Les femmes du monde entier t'envieront.

— Parce que je suis avec toi ?

— Cela va sans dire. Je suis riche, sexy et titré. Tu vas devenir une icône de mode planétaire du seul fait d'être ma femme. Beaucoup aimeraient être à ta place.

— Mais pas d'enfants ?

— Ton statut de princesse devrait compenser, non ?

Latika tremblait de colère contenue. C'était encore pire que ce qu'elle avait imaginé. Elle s'était elle-même enfermée dans ce mariage sordide, qui serait non seulement sans amour, mais aussi sans enfants. Elle n'avait jamais été proche de ses parents. Cette relation distante avait laissé un vide en elle, qu'elle rêvait de combler en devenant une mère aimante et attentionnée pour ses propres enfants. C'était son vœu le plus cher.

Même cela, il le lui enlevait. Et elle n'était pas sûre d'y survivre.

Mais quel choix avait-elle ? Elle était prise au piège entre un monstre et un homme qui lui brisait le cœur en lui imposant une vie stérile. Le premier, cependant, représentait une menace beaucoup plus concrète.

— Très bien, dit-elle. Puisque tu ne veux pas d'enfants et que tu prônes le mariage libre, je ne vois aucun intérêt à ce que nous couchions ensemble.

Une ombre glacée voila ses yeux bleus.

— Vraiment ? Te crois-tu capable de me résister ?

Non, mais quelle arrogance ! Latika lui aurait ri au nez si elle l'avait pu. Hélas, elle était loin d'être insensible à ses charmes, quoi qu'elle en dise. La virilité de Gunnar l'envoûtait malgré elle. Aucun homme ne lui avait jamais fait cet effet-là. Même quand il piétinait son rêve le plus précieux, elle ne pouvait nier l'attirance qui enfiévrait ses sens.

— Je suis ici depuis quatre ans, et il ne s'est rien passé, rappela-t-elle avec hauteur.

— Parce que je n'ai jamais pris la peine de te séduire, répliqua Gunnar.

Latika eut une moue dédaigneuse.

— Tu as une haute opinion de toi-même, à ce que je vois.

— Réfléchis, Latika. C'est vers moi que tu t'es tournée quand tu as eu besoin d'aide. Qu'est-ce que cela signifie, à ton avis ?

— Que tu as un ego surdimensionné ? railla Latika.

Gunnar ignora sa pique.

— Il y a de l'électricité entre nous, cela ne m'a jamais échappé. Quoi que je ressente pour toi, tu le ressens aussi.

— Qu'est-ce qui te fait dire cela ?

— Tu étais très à l'aise quand tu m'as embrassé devant tout le monde. Tu n'as pas hésité une seconde.

Latika s'empourpra de honte.

— Quand l'immeuble est en feu, on n'hésite pas à sauter du dernier étage avec l'espoir de survivre à la chute, bredouilla-t-elle, sur la défensive.

— Dernier recours, bouée de sauvetage... Appelle-moi comme tu veux. Ta bouche, elle, ne ment pas quand elle touche la mienne. On ne peut pas lutter contre cela.

— Parle pour toi.

S'il lui refusait des enfants, elle lui refuserait son corps. Peu importait qu'il ne la croie pas quand elle affirmait ne pas être attirée par lui. Rien n'attaquerait sa détermination.

Il la dévisagea d'un regard pénétrant. Ses yeux bleus semblaient traverser ses vêtements. Traverser sa peau. Le cœur de Latika battait la chamade. Comment faisait-il pour l'affecter de la sorte ?

— Tu t'imagines vraiment que nous allons rester mariés à vie sans jamais explorer cette alchimie entre nous ? insista-t-il.

Latika était à court de défenses. Son ultime rempart était la vérité.

— J'ai bien fêté mes vingt-quatre ans sans jamais avoir été avec un homme. Qu'est-ce que vingt-quatre ans de plus ?

Gunnar fronça les sourcils.

— Je ne te savais pas si jeune...

— Je ne le crie pas sur les toits. Mes parents n'ont pas attendu longtemps avant de vouloir me marier, trop pressés de fonder leur dynastie.

— Et tu penses que notre mariage ne durera que vingt-quatre ans ? Tu es bien pessimiste concernant ton espérance de vie.

— Je pensais plutôt à la tienne, rectifia Latika. Tu es plus âgé que moi. Sans compter que je risque de t'empoisonner.

— Tant que c'est dans un bon whisky, repartit-il avec un haussement d'épaules.

— Pas de commentaire sur l'état de mon hymen ?

— Je ne suis pas surpris. C'était à prévoir chez une femme psychorigide comme toi.

Latika serra les dents. Qu'il aille au diable !

— Dans ce cas, tu ne perds rien à ne pas m'avoir dans ton lit, grinça-t-elle. Tu devrais même t'en féliciter.

— Je cache ma joie. Et si je fêtais cela avec une star du X ?

— Peu importe, tant que tu restes discret. C'est le marché, non ? Tu garantis ma sécurité, je redore ton blason.

— Amuse-toi bien à organiser notre mariage. Tu es trop irremplaçable pour que nous engagions une autre assistante.

Cet homme avait un cœur de pierre. Elle s'était attendue à des protestations. À de la surprise quand elle lui avait jeté sa virginité au visage. De la colère face à son refus de coucher avec lui. Mais non, aucune réaction. Son indifférence la blessait dans son orgueil, plus qu'elle n'osait se l'avouer. Et, pour couronner le tout, il ne voulait pas d'enfants.

— Tu n'es qu'un égoïste, murmura-t-elle. Personne ne compte pour toi, pas vrai ? Pas même ta propre sœur ?

— Es-tu sûre de vouloir entendre la réponse ? Contrairement à toi, je suis un bon menteur.

En effet, Gunnar n'était pas digne de confiance. Elle ferait bien de se le rappeler. Elle ne pouvait compter que sur elle-même, comme elle le faisait depuis quatre ans.

Malgré le virage abrupt que venait de prendre sa vie, elle garderait le cap. Car elle était forte. Cette certitude était la seule chose qui l'empêchait de sombrer dans le désespoir.

# 6.

Latika était vierge. Du moins le prétendait-elle. Cette décision de lui refuser son corps avait tout d'une tentative désespérée pour garder un semblant de contrôle. Ou peut-être le punir. À moins… À moins qu'elle ne soit vraiment sincère quand elle disait ne pas être attirée par lui ?

Peu probable.

Vingt-quatre ans. Elle en paraissait plus.

Toutes ces révélations l'avaient ébranlé, mais il n'en montrerait rien. Quel culot de lui demander si sa sœur comptait pour lui ! Elle parlait sans savoir ! Il avait tout fait pour protéger Astrid. Contre leur père, mais aussi contre ce qu'il avait tenté d'inculquer à Gunnar. Le roi voulait qu'il considère les femmes comme des êtres inférieurs aux hommes. Il avait cherché à empoisonner son esprit. Gunnar avait payé au prix fort sa résistance.

Latika croyait le connaître, mystifiée par les mensonges qu'il exposait à la face du monde. Pour elle, il n'était que le play-boy débauché des tabloïds. Cela le contrariait. Bien sûr, il ne pouvait lui parler de son père. Alors il l'emmènerait au siège de sa société aux États-Unis et lui montrerait qui il était vraiment. Il patienterait jusqu'après leur mariage. Lui prouver ses torts par le biais de son propre corps lui procurerait la plus gratifiante des victoires. Son petit numéro de sainte-nitouche ne le trompait pas. Ils étaient de simples mortels. Ni lui ni elle n'étaient au-dessus de leurs instincts primaires.

Il se repassa le moment où elle avait avancé cette histoire de virginité. Juste après qu'il l'eut informée qu'ils n'auraient pas d'enfants. Devait-il y voir un lien de cause à effet ? Était-elle attachée à l'idée de fonder une famille ? Après tout, c'était ce que la plupart des femmes désiraient. Beaucoup verraient dans le fait d'avoir épousé un prince une consolation suffisante. Mais Latika semblait résolue à le punir. Elle le fuyait depuis le soir du bal et s'était jetée à corps perdu dans les préparatifs du mariage.

— Ah, voilà le futur marié !

Gunnar leva les yeux. Astrid lui faisait face, apprêtée avec son élégance habituelle, sa chevelure rousse relevée en un chignon serré.

— Comme tu vois.

— Tu m'évites, lança-t-elle d'un ton accusateur.

En effet. Il se passerait d'une discussion avec sa sœur, qui se transformerait immanquablement en interrogatoire. C'était une habitude chez elle. Parce qu'elle était l'aînée, elle ressentait le besoin de le protéger.

— C'est vrai, admit-il.

— Pourquoi ?

— Je vois d'avance venir le sermon.

Astrid plissa des yeux méfiants.

— Je veux juste m'assurer que tu ne lui fais aucun mal, Gunnar.

— Intéressant. Je ne m'attendais pas à ce sermon-là.

— Ah ? Tu pensais que j'allais te mettre en garde contre Latika ? ironisa Astrid. Nous savons tous les deux que c'est absurde.

Ainsi, même sa sœur le croyait sans cœur, lui qui veillait sur elle tel un ange gardien.

— Je n'ai aucune intention de lui faire du mal. Sois tranquille.

— Elle te plaît, et c'est réciproque. Mais tu dois comprendre qu'elle n'a aucune expérience et…

— Comment le sais-tu ?

Astrid haussa les épaules.

— Ce qu'elle m'a dit le laisse entendre.

Ce qu'elle lui avait dit ? Gunnar fronça les sourcils. Se pouvait-il qu'elle ait été sincère à propos de sa virginité ?

— Eh bien, tu seras rassurée d'apprendre que Latika a déjà édicté ses règles. À savoir rester en dehors de mon lit, déclara-t-il.

Un pli creusa le front d'Astrid.

— Vraiment ?

— Ce n'est pas un mariage d'amour, Astrid. Je ne t'apprends rien. Nous supportons à peine d'être dans la même pièce.

— Mais vous êtes attirés l'un par l'autre ?

— Cela ne l'empêcherait pas de me trancher la gorge dans mon sommeil.

— C'est vers toi qu'elle s'est tournée quand elle a eu besoin d'aide, observa Astrid.

— On n'hésite pas à sauter du dernier étage quand l'immeuble est en feu, répondit Gunnar, répétant mot pour mot l'argument de Latika.

— Je vois.

— Désolé, mais nous sommes assez grands pour gérer nos vies nous-mêmes.

Astrid poussa un soupir.

— Mon inquiétude, c'est plutôt que vous ne sachiez pas vous gérer l'un l'autre…

— Ma très chère sœur, gérer les femmes est ma spécialité.

— Latika est différente, insista-t-elle. Et vous serez mariés. Quoique tu fasses, tu devras en affronter les conséquences. C'est loin d'être ton fort.

Gunnar eut l'impression d'entendre son père. Un flot de souvenirs douloureux déferla dans sa mémoire. Les journées interminables passées dans le cachot du palais. Confiné. Privé de nourriture.

« Si tu n'intègres pas mes leçons, Gunnar, il y aura des conséquences. »

Il ne mentait pas.

— C'est vrai, reconnut-il avec une légèreté forcée.

— Et qu'en est-il des enfants ?

Un sujet sensible au vu de ce qui occupait son esprit en cet instant.

— Il n'y en aura pas, déclara-t-il tout net.

— Pour quelle raison ?

— Tu sais bien ce qu'a été notre enfance, Astrid. Je n'ai aucun désir de devenir père.

— J'adore être mère, objecta sa sœur.

— Toi et moi avons vécu des expériences différentes.

— Oui, je sais. Notre mère me soutenait à tes dépens. Mais notre père ne jurait que par toi…

— Tu crois que j'appréciais son attention alors qu'il méprisait ma propre sœur ? s'exclama-t-il dans un accès d'humeur.

Astrid tressaillit devant sa véhémence.

— Je ne pensais pas que c'était un problème…

— Bien sûr que si, répliqua Gunnar. Tu es ma sœur jumelle. Un lien indestructible nous unit. Notre père n'a jamais obtenu ce qu'il attendait de moi.

— En quoi cela devrait-il t'empêcher d'avoir des enfants ?

— Ce n'est qu'une raison parmi d'autres.

— Cela me fait de la peine de t'entendre parler ainsi, murmura Astrid.

— Il n'y a pas de quoi. Latika et moi avons conclu un marché. Je la protège, elle restaure mon image, et chacun vit sa vie de son côté. C'est l'arrangement idéal.

— Si tu le dis.

— Tu diriges peut-être le pays, Astrid. Mais je suis encore maître de ma propre vie.

— Bien sûr. Il n'a jamais été question qu'il en soit autrement.

Ce que Gunnar gardait pour lui, c'était que le principe de vies séparées ne lui convenait pas totalement. Il n'était pas homme à se plier à la volonté d'autrui. Non. Son père avait essayé de le briser, encore et encore. Cela n'avait servi qu'à lui forger une volonté d'acier. Et sa future épouse ne tarderait pas à s'y frotter.

Latika naviguait tel un automate dans cette farce de mariage. Dépassée par son rôle de future mariée, elle avait trouvé refuge dans celui d'organisatrice. C'était plus facile de prendre les décisions quand on se détachait des événements. En ce qui la concernait, elle organisait un mariage princier dans le sens générique du terme, et non le sien. Ce qui comptait, c'était le spectacle. Le faste. Ses préférences personnelles n'entraient pas en ligne de compte.

À un détail près. Malgré tous ses efforts, ce point-là mettait à mal son stoïcisme.

Le choix de la robe de mariée.

Elle avait insisté pour qu'Astrid soit présente lors des essayages. En sa qualité de demoiselle d'honneur, mais surtout parce qu'elle restait sa meilleure amie.

— Celle-ci est jolie, commenta la reine d'un ton trahissant son manque d'engouement.

Latika étudia son reflet d'un œil critique. La robe ne lui plaisait pas du tout, ni ne la mettait en valeur. Pour ces seules raisons, elle était tentée de la choisir. Mais la cérémonie serait très médiatisée, et l'idée que des photos peu flatteuses d'elle fassent le tour du monde égratignait son ego. La future princesse de Bjornland se devait d'être à couper le souffle, non ? À elle de trouver une robe suffisamment seyante, mais dénuée de toute connotation personnelle.

— Peu importe ce que je pense, dit Astrid. Ce qui compte, c'est ce que *toi* tu veux.

— Non. C'est le spectacle du mariage royal et l'image que nous renvoyons au monde, corrigea Latika.

— Tu n'as donc aucun sentiment pour mon frère ?

Le sang afflua aux joues de Latika.

— Je… C'est compliqué.

— Tout est ma faute, soupira Astrid. J'ai échoué à tenir Ragnar éloigné du palais. Je suis désolée.

— Je t'en prie, tu n'as pas à t'excuser, protesta Latika. Je n'aurais pas pu le fuir éternellement.

— Mais j'avais promis de te protéger…

— Tu l'as fait. Et désormais, la Couronne continuera à le faire.

— Gunnar m'a dit que tu… ne souhaitais pas consommer le mariage.

Latika s'empourpra un peu plus.

— Je n'arrive pas à croire qu'il t'ait raconté cela…

— Mon frère ne sait pas garder un secret. Tu as dû le constater. Pourquoi ce refus ?

— Il ne veut pas d'enfants, répondit Latika. Il n'a pas besoin d'héritier et n'est pas attaché à la notion de fidélité conjugale. Alors pourquoi partagerions-nous le même lit ?

Astrid ouvrit des yeux incrédules.

— C'est ce qu'il t'a dit ? s'exclama-t-elle.

— Oui.

— Gunnar est un idiot.

Latika s'esclaffa.

— J'apprécie ta sollicitude, Astrid. Ni lui ni moi ne la méritons. Mais je t'assure, tu te fais des idées. Nos interactions se limitent à ce que tu connais, à savoir une antipathie mutuelle. Il ne se passe strictement rien de secret entre nous.

— Oh ! je te crois.

— Tu penses que je n'ai pas les idées claires. Je me trompe ?

— Je ne veux pas que tu souffres, c'est tout.

— Crois-moi, entre ton frère et Ragnar, j'ai choisi la meilleure option, déclara Latika.

Elle marqua une pause.

— Avant, c'était toi qui sollicitais mes conseils…

— Je suis mariée, maintenant, dit la reine. J'ai gagné en sagesse.

— Et moi, je suis toujours en cavale, à fuir mes parents et mon ex-fiancé abusif. Ne le prends pas mal, Astrid, mais ta relation avec Mauro ne fait pas de toi une experte en sentiments.

— Non, bien sûr.

Mais Latika devinait à son intonation qu'Astrid ne le croyait toujours pas. Elle préféra néanmoins en rester là et continua à passer en revue les robes sur le portant.

— Tu devrais essayer celle-ci, lui conseilla Astrid.

La robe de satin blanc qu'elle désignait était toute simple mais magnifique. Les longues manches fluides, le col carré, la jupe évasée vers le bas… Tout lui plaisait. Le genre de robes alliant sophistication et lignes épurées, que Latika aurait rêvé de porter à son mariage avec l'élu de son cœur.

— Essaye-la, insista Astrid.

Oui, Latika était curieuse. Elle l'essayerait, juste pour voir. Mais rien ne la persuaderait de choisir une telle splendeur pour une banale union de convenance. Avec Gunnar de surcroît.

Le jour du mariage, des nuages menaçants s'amoncelaient bas dans le ciel. Les grands pins vert sombre trouaient le brouillard, donnant l'impression que les montagnes avaient des dents. L'effet était sinistre. Comme si un mauvais augure planait dans l'air.

Gunnar ne croyait pas à ces superstitions. Pas plus qu'il ne croyait en l'amour. C'était un simple coup du sort qui l'avait amené là aujourd'hui, et il s'en accommodait très bien. Jusque-là, il avait laissé Latika garder ses distances. Mais ce soir…

Ce soir, il lancerait contre elle une offensive charnelle à laquelle elle ne résisterait pas.

*Que cherches-tu à prouver ? Que tu peux la manipuler ? En quoi es-tu différent de ton père ?*

Gunnar fit la sourde oreille. Ce n'était pas de la manipulation, mais de la séduction. Il la désirait, et ils seraient bientôt mariés. Se contenter de liaisons extraconjugales serait idiot. Il avait même été prêt à lui jurer fidélité. S'il avait parlé d'aller voir ailleurs, c'était uniquement pour la provoquer. Et nul doute qu'elle en avait fait autant. Elle ne persisterait pas longtemps à se refuser à lui. Quant à cette histoire de virginité, il n'y croyait pas. Elle s'était rappelé leur discussion au sujet de ses prétendantes, quand il avait déclaré ne pas vouloir d'une fiancée vierge. Son mensonge visait à rétablir l'équilibre des pouvoirs plus qu'à le rebuter réellement. Elle avait *besoin* qu'il l'épouse. Il n'accordait donc guère de crédit à ses bêtises.

Il se tourna vers le miroir. Le smoking noir lui allait comme un gant. Quelques semaines plus tôt, Latika lui avait imposé ce choix vestimentaire d'un air blasé. Elle n'imaginait pas que la prochaine fois qu'il en porterait un serait à leur mariage.

Lui non plus.

Avec la détermination d'un prédateur, il quitta la pièce et se dirigea vers la chapelle attenante au palais. Leur mariage ne déchaînait pas autant les passions que celui de la reine, vu que Latika n'était pas une personnalité scandaleuse comme l'était Mauro. Elle fascinait néanmoins les paparazzis, et un profil avait été publié dans les médias. Il incluait une interview de ses parents, qui ne tarissaient pas d'éloges sur leur fille.

Naturellement, ils avaient contacté le palais afin d'être invités à la cérémonie.

Gunnar avait hésité. Ses parents avaient fait du mal à Latika en la jetant à la merci de Ragnar. Mais ce mariage ne résolvait-il pas tous leurs problèmes ? Les tenir à l'écart provoquerait des tensions et donnerait un levier à Ragnar. Ils deviendraient alors un fardeau pour lui aussi. À contrecœur, il s'était décidé à leur envoyer une invitation. Il espérait ne pas le regretter.

L'église était déjà pleine à son arrivée. Des centaines de personnes occupaient les bancs, tandis que des millions d'autres suivaient la cérémonie en direct devant leurs écrans. Astrid l'attendait au bout de l'allée.

— Pourquoi n'es-tu pas assise ? lui demanda-t-il.

Elle leva vers lui des yeux luisants d'émotion.

— J'ai remarqué que tu n'avais pas de témoin. Je suis ta sœur jumelle. Personne d'autre au monde n'est plus proche de toi. C'est moi qui te conduirai à l'autel.

Le sentimentalisme de sa sœur le toucha droit au cœur. Astrid pensait qu'ils étaient proches. Qu'ils partageaient un lien fort. Lui en était moins sûr. Elle croyait le connaître, alors qu'il lui avait caché tant de choses pour sa propre sécurité. Mais elle était là aujourd'hui, à ses côtés. C'était le plus important.

Ensemble, ils remontèrent l'allée centrale. Les têtes se tournaient sur leur passage dans un bruissement de chuchotements admiratifs. Gunnar prit place devant l'autel tandis qu'Astrid allait s'asseoir avec une prestance toute royale. C'est à peine s'il écouta le sermon du prêtre et le cantique qui suivit. Enfin arriva le moment de l'entrée de la mariée.

La musique s'envola dans un majestueux crescendo, et Latika apparut. Ses cheveux d'ébène étaient relevés en chignon. Sa robe, tout en dentelle brodée de perles chatoyantes, s'évasait en une jupe volumineuse qui se soulevait et retombait avec légèreté à chacun de ses pas. Elle était à couper le souffle. Et plus elle s'avançait, plus le plan de Gunnar se brouillait dans sa tête.

Difficile de garder les idées claires avec Latika devant lui. Plus rien n'existait que ce feu ardent qui lui dévorait les entrailles. C'était un miracle qu'il ne s'embrase pas comme une torche. Il avait beau être dans une église, ses pensées étaient tout sauf pures. Et, lorsqu'elle s'immobilisa à ses côtés, rigide d'embarras, il eut envie d'effacer de ses lèvres les lignes de tension autour des siennes. De l'embrasser jusqu'à ce que l'air leur manque à tous les deux. Leurs baisers étaient grisants, il le savait déjà. Comment osait-elle lui refuser son corps ? Ils avaient envie l'un de l'autre, alors pourquoi jouer à ce petit jeu ? Non, cela devait changer. Elle se servait de lui, et il la respectait pour cela. Mais lui aussi avait voix au chapitre dans la conduite de leur vie conjugale.

Elle lui fit face sans un mot, et ils restèrent silencieux jusqu'à l'échange des vœux. C'était facile pour lui, car il ne prenait jamais rien au sérieux. Latika, elle, semblait guindée. Elle tourna la tête, et ses yeux s'agrandirent quand elle découvrit ses parents. Le choc se peignit brièvement sur ses traits. Elle prononça ses vœux les dents serrées.

Quand vint le moment du baiser, Gunnar résolut d'adoucir son expression crispée. Elle avait beau s'en défendre, elle le désirait. Et il comptait bien en profiter.

D'un geste ferme, il l'enveloppa de ses bras, puis pencha la tête pour prendre sa bouche. Ce baiser-là n'avait rien à voir avec leurs deux précédents. C'était lui qui était aux commandes, cette fois, et Latika qui se liquéfiait dans le feu de la passion. Il força le passage entre ses lèvres et mêla sa langue à la sienne. Son essence avait la douceur du miel derrière la beauté hérissée d'épines. Une beauté qui lui avait résisté bien plus longtemps que quiconque. Latika faisait battre son cœur plus vite et fondre son corps en un torrent de magma en fusion. À quand remontait la dernière fois qu'une femme lui avait fait un tel effet ?

Jamais.

Latika seule accaparait son esprit. Elle seule mettait ses sens en ébullition. Leur baiser défiait les convenances d'un mariage royal. Aucun couple princier ne s'exhibait dans une telle démonstration publique d'affection. Mais il s'en fichait. Être marié le rendait suffisamment respectable. Il ne se priverait pas de ce plaisir.

Et ce n'était qu'un avant-goût de ceux à venir. Il se consumait littéralement pour cette femme. Dieu qu'il la désirait ! Comme jamais il n'avait désiré personne. C'était nouveau, pour lui. D'ordinaire, ses amantes étaient interchangeables. Peu importait avec qui il couchait, du moment qu'il assouvissait ses besoins physiques. À présent, seule Latika semblait pouvoir le combler. Elle seule enflammait son désir.

Lorsque leurs lèvres se détachèrent, Gunnar avait le souffle court. Latika, elle, affichait un visage vide.

Le prêtre les déclara mari et femme. Bras dessus, bras dessous, ils remontèrent solennellement l'allée centrale. Mais, à peine étaient-ils sortis de l'église, libérés de leur public, qu'elle se dégagea avec brusquerie.

— Comment as-tu pu me cacher que mes parents seraient là ? s'écria-t-elle.

— Désolé. J'ai sous-estimé ta réaction. Je ne pensais pas que ce serait un problème.

— Je ne les ai pas vus depuis près de quatre ans !

— Tu es une femme intelligente, Latika. Parfois, les avantages compensent les inconvénients, tu le sais. Si tes parents estiment que ce mariage leur apporte plus qu'une union avec Ragnar, ils le soutiendront aussi. Tu n'auras plus rien à craindre d'eux. Les exclure nous aurait exposés à des représailles. J'ai donc agi dans l'intérêt de tous.

Latika détourna les yeux.

— Je comprends, murmura-t-elle. Mais tu aurais dû m'en avertir.

— Comme tu aurais dû m'avertir que nous allions nous marier ? répliqua-t-il.

— Je ne savais pas…

— Moi non plus. J'ai pris cette décision au moment où elle s'est imposée, parce qu'elle me semblait la plus pertinente.

— Je hais cette situation. C'est insupportable ! explosa-t-elle soudain, toute réserve envolée.

Et pas de la manière qu'il avait espérée.

— À croire que je n'aurai jamais aucun contrôle sur ma vie…

— C'est vrai pour tout le monde, observa Gunnar.

Latika posa les poings sur ses hanches d'un air exaspéré.

— Tu es un homme et un prince. Tu as toujours le contrôle. Tu peux désobéir et faire ce qui te chante.

Quelque chose céda en lui à ces mots. Dans un éclair de colère, il lui agrippa le bras.

— Que sais-tu de ma vie ? gronda-t-il d'une voix sourde. Que sais-tu de ce que j'ai eu le droit de faire ou non ? Des raisons derrière les décisions que j'ai prises ? Ne me parle pas de cette pseudo-liberté qui serait la mienne !

Il la relâcha, juste au moment où les portes de l'église s'ouvraient. Astrid apparut avec Mauro et leur fils.

— Un problème ? s'enquit-elle.

— Gunnar m'a fait la surprise d'inviter mes parents, répondit Latika, les dents serrées.

— Je pensais que tu étais au courant.

— Non.

Astrid fusilla son frère du regard.

— Épargne-moi tes réprimandes, déclara sèchement Gunnar. Je ne suis pas un enfant. J'ai pris cette décision dans l'intérêt de ma femme, afin de garantir sa sécurité. J'apprécierais que tu ne t'en mêles pas.

Astrid tressaillit, mais s'abstint de tout commentaire.

— Sache également que nous n'assisterons pas à la réception.

— Pardon ? lança la reine avec stupeur.

— Nous partons en lune de miel. Latika n'a clairement aucune envie de voir ses parents. Ils ont eu ce qu'ils voulaient, l'accès au palais. Je compte sur toi, Astrid, pour leur faire bon accueil pendant que ma femme profite d'un peu de répit.

— Bien sûr, répondit Astrid. Je m'occupe de tout.

— Parfait, conclut Gunnar.

Il se tourna vers Latika.

— À moins que tu ne souhaites parler à tes parents ?

— Non, souffla-t-elle. Ils ne voient en moi que l'outil de leur avancement. C'est à cause d'eux si nous en sommes là. Je n'ai rien à leur dire.

— Bien. Ils ne devraient plus être un problème, à l'avenir. J'ai également pris la liberté de faire tes valises.

— Pourquoi fais-tu cela ? demanda Latika. Tu m'as laissée organiser le mariage toute seule. Et maintenant, tu joues les petits chefs ?

— C'est le prix à payer pour ma protection, *ma chérie.* Tu dois obéir à mes ordres. Tant pis si cela interfère avec tes préférences. Je ne suis pas un homme qu'on manipule à sa guise.

Il fit un pas vers elle.

— Tu as sauté de l'immeuble en flammes pour atterrir dans mes bras. À toi d'en affronter les conséquences.

C'est ainsi que Latika se retrouvait à trente mille pieds d'altitude, dans le luxueux jet privé de Gunnar. Elle n'y était montée qu'une seule fois auparavant. Elle l'avait trouvé tape-à-l'œil et de mauvais goût. Son opinion n'avait pas changé. Le jet d'Astrid abritait un salon studieux dans des tons clairs relaxants. Celui de Gunnar, entièrement noir et or, voyait son espace limité par la présence d'un lit disproportionné.

— Je vois que rien n'a changé, commenta-t-elle avec une grimace.

Elle se laissa choir dans un fauteuil en cuir, conçu pour envelopper la personne à la manière d'un cocon. Gunnar haussa les épaules.

— Question mobilier, je privilégie le confort. J'aime être à l'aise partout où je vais.

— Quand as-tu décidé que nous partirions directement après la cérémonie ?

— À la seconde où je t'ai vue si bouleversée à la sortie de l'église.

Était-il sincère ? Latika n'arrivait jamais à savoir, avec Gunnar. Mais une douce chaleur s'insinua dans sa poitrine.

— Vraiment ?

— Mon but n'était pas de te blesser en invitant tes parents. Je pensais réellement agir au mieux. Mais cela ne signifie pas que tu sois obligée de les supporter. Du reste, j'avais déjà prévu de t'emmener aux États-Unis pour notre lune de miel, ajouta-t-il. J'aimerais te faire visiter le siège de ma société.

— À New York ?

— Non, San Diego.

Latika en fut soulagée. Elle n'était plus retournée à New York depuis qu'elle avait fui ses parents. Les laisser à Bjornland seulement pour retrouver la ville de son enfance sous leur houlette étouffante aurait été une déception.

— Je ne suis jamais allée en Californie, avoua-t-elle.

— Comment est-ce possible ?

— Nous restions sur la côte Est, ou voyagions en Europe ou en Inde. Nous n'avions aucune raison d'aller en Californie.

— Tu vas adorer, tu verras.

— Comment peux-tu en être sûr ?

Comme s'il connaissait ses goûts…

— C'est très différent de Bjornland. Cela te changera. Et puis, il y a l'océan.

C'est vrai que l'océan lui manquait. Elle adorait les plages de la côte atlantique et leur atmosphère si particulière. Ou celles, paradisiaques, de Goa en Inde. Explorer de nouveaux coins de sable lui ferait un bien fou. Mais elle était encore trop en colère contre Gunnar pour l'en remercier de vive voix. Peut-être était-ce mesquin de sa part, mais elle se sentait si… vulnérable. Comme un vulgaire pion que l'on déplaçait sur un échiquier.

*C'est toi qui lui as réclamé son aide. Tu ne lui as pas laissé le choix et, maintenant, tu lui en veux ?*

D'accord, elle se montrait franchement injuste.

— Je ne comprends toujours pas comment tu as réussi à garder le secret, le relança-t-elle.

— Je te l'ai déjà dit. Personne ne cherche le respectable chez quelqu'un qui étale si ouvertement ses scandales à la face du monde.

— Mais tu as bien un bureau, non ?

— Tous mes employés ont signé une clause de confidentialité, expliqua-t-il.

— Tu n'es pas sérieux ?

— Si. Mais tout cela est terminé. Nous ferons nos débuts officiels en tant que mari et femme en présentant mon entreprise aux médias. Tout sera révélé au grand jour.

— Y compris les raisons derrière cette dissimulation ? demanda Latika.

Il secoua la tête.

— Non. Cette histoire-là n'est pas de celles qu'on divulgue.

— Pas même à moi ?

Sa question resta en suspens tandis que les yeux bleu glacier de Gunnar se posaient sur elle.

— Non.

Une vive frustration s'empara d'elle. Il demeurait totalement hermétique. Semblable à l'océan qu'ils avaient évoqué, si profond qu'on n'en distinguait pas le fond. Comment avait-elle pu le croire creux et superficiel ? Tout cela la plongeait dans la plus grande confusion. Comme si elle ne se sentait pas déjà assez dépassée par les événements…

— J'ai donc pris la bonne décision en me refusant à toi, déclara-t-elle.

Gunnar la transperça d'un regard affûté.

— Vraiment ?

— Si tu es incapable de partager avec moi les raisons qui t'ont poussé à fonder cette société, comment pourrais-tu partager quoi que ce soit d'autre ?

— Tu vois dans le sexe une communion des âmes autant que des corps ? Es-tu à ce point naïve ?

Elle leva le menton avec défi.

— Je suis vierge. Je n'ai pas vraiment d'expérience en la matière.

— Je ne te crois pas.

— Pardon ?

Elle s'était attendue à tout sauf à cela.

— Tu ne me crois pas ?

— Non. Je parie que tu dis ça uniquement parce que j'ai déclaré ne pas vouloir d'une épouse vierge.

— Le monde ne tourne pas autour de toi, Gunnar.

— Je suis d'un autre avis.

— Comment passes-tu encore les portes avec un tel ego ?

— Tu n'embrasses pas comme une vierge.

Une brusque chaleur envahit le ventre de Latika.

— Comment est-ce que j'embrasse ?

— Disons qu'on dirait que tu hésites entre m'arracher les yeux ou me labourer le dos de plaisir, répondit Gunnar.

— Il y a de cela, admit-elle.

— M'arracher les yeux, je t'en crois capable. Le reste, en revanche…

— Essayes-tu de me provoquer pour que je couche avec toi ?

— Pas du tout. La provocation est notre moyen de communication privilégié, non ?

— Je suis fatiguée, soupira-t-elle.

C'était la vérité, mais ce n'était pas pour cette raison qu'elle coupait court. Tout allait si vite ! Elle se sentait trop fragile, les nerfs trop à fleur de peau pour se confronter à Gunnar.

— Il y a un lit juste ici.

— Je ne le partagerai pas avec toi.

— Si c'est pour dormir, alors tant mieux.

— Pourquoi me désires-tu ? questionna-t-elle à brûle-pourpoint.

Doute et frustration bouillonnaient dans ses veines. Cela n'avait aucun sens. Pourquoi elle en particulier ? Et pourquoi maintenant, après tout ce temps ? Ils s'entendaient comme chien et chat. Certes, elle aussi était attirée par lui. Un effet de son inexpérience, sans doute. Mais lui ? Il n'avait qu'à claquer des doigts pour avoir n'importe quelle femme ! De préférence qui ne lui tapait pas sur les nerfs. Alors pourquoi elle ?

Soudain, ce fut comme si un mur s'écroulait entre eux.

— Je ne sais pas, admit-il d'une voix bourrue. Si j'avais la réponse, je n'essayerais pas à tout prix de te mettre dans mon lit. Depuis le premier jour, je te désire avec une force qui dépasse l'entendement. Puis tu as ouvert la bouche, et j'ai tout de suite eu envie de croiser le fer avec toi. C'est comme une pulsion irrépressible échappant à toute raison.

Le bleu de ses yeux était si intense, en cet instant.

— Personne n'a d'emprise sur moi, Latika. Personne ne me contrôle. Mais toi… Tu provoques en moi des réactions que je ne m'explique pas, et je déteste cela.

Latika déglutit, le cœur battant.

— Moi non plus, je ne comprends pas comment on peut vouloir gifler quelqu'un et l'embrasser en même temps…

— Je crois que toi et moi avons beaucoup trop d'alchimie. Bonne et mauvaise. J'ignore pourquoi elle est aussi explosive.

Parler d'alchimie devant ce grand lit, sans aucune échappatoire, terrifiait Latika. Au fond, plus rien ne l'empêchait d'être avec Gunnar. Si ce n'est son instinct de préservation et le désir de garder un semblant de dignité. Mais elle avait envie de lui. Alors allait-elle scier la branche sur laquelle elle était assise ?

Son regard hypnotique faillit avoir raison d'elle. C'était sa chance de l'embrasser à nouveau. Il lui suffirait de grimper sur ses genoux pour presser ses lèvres sur les siennes…

Puis la réalité de sa situation se rappela à elle. Elle était captive. Développer des sentiments pour son geôlier était la dernière chose dont elle avait besoin. Comme si aimer ses parents les avait empêchés de se servir d'elle… Elle sentit sa poitrine se serrer à cette pensée. Elle aussi s'était servie de Gunnar. Ses sentiments n'étaient pas à l'abri d'évoluer. Et si elle s'attachait à lui sans que lui ne voie jamais autre chose en elle qu'une épouse de convenance ? N'avait-elle pas affaire à un homme capable de prononcer sans ciller des vœux sacrés à l'église avec la ferme intention de les bafouer ?

Non, le jeu n'en valait pas la chandelle.

— Je suis fatiguée, répéta-t-elle. Je vais me coucher.

# 7.

À son réveil, ils avaient atterri à San Diego. Latika descendit du jet, aveuglée par une explosion de bleu. Le ciel. L'océan. Le Pacifique dans toute sa splendeur. La caresse du soleil sur sa peau lui tira un soupir de contentement. Elle adorait son pays d'adoption, mais le climat y était décidément trop glacial. Même habituée à la rudesse des hivers de la côte Est, elle avait toujours préféré les cieux azuréens. Rien d'étonnant à ce que Gunnar ait choisi d'installer son entreprise ici.

— Passons d'abord aux bureaux. Ensuite, nous irons chez moi, proposa-t-il.

— Tu as une maison à San Diego ?

— Bien sûr. Ce serait idiot d'y avoir le siège de ma société et pas d'endroit où vivre.

Idiot, en effet. Jusqu'à récemment, c'est ainsi qu'elle aurait qualifié toutes les actions de Gunnar. Jamais elle ne lui avait attribué la moindre épaisseur.

— Je n'insisterai pas pour connaître le fin mot de l'histoire, soupira-t-elle. Mais me diras-tu au moins pourquoi tu as choisi d'endosser le rôle du bouffon ?

— Le bouffon ? Je me voyais plutôt en prince Harry.

— Le prince Harry a un minimum de pudeur.

Gunnar redevint sérieux.

— Essaye de comprendre. Mon père ne voulait pas que ma sœur monte sur le trône. Nous étions jumeaux. Astrid est née cinq minutes avant moi. Et cela suffirait à priver le pays d'un héritier masculin ? Il ne l'acceptait pas. Astrid a dû travailler très dur pour lui prouver qu'elle était compétente. De mon côté, j'ai tout fait pour lui donner à croire que je ne l'étais pas.

— Alors tout cela… C'était une ruse contre ton père ?

— En partie, oui.

— Et tu as fondé cette entreprise parce que…

— Parce que je m'ennuyais. Un homme de mon âge ne peut pas se contenter éternellement d'enchaîner les virées en club et les aventures sans lendemain.

— Je croyais, au contraire, que c'était la vie rêvée de la plupart d'entre eux, plaisanta Latika.

— J'ai constaté sans exception que les personnes les plus extraverties dans ce genre d'établissements étaient aussi les plus dénuées de substance, répondit Gunnar.

— Toi y compris ?

— Frappe ma poitrine. Tu verras qu'elle sonne creux.

Latika en doutait de plus en plus. C'était juste ce qu'il voulait faire croire au monde. Elle avait remis en question son affection pour sa sœur et le regrettait amèrement. Ne l'avait-elle pas vu agir en protecteur vis-à-vis d'Astrid, malgré la position supérieure de cette dernière ? Gunnar risquerait sa vie pour elle, Latika en était convaincue.

— Creux ? Je ne crois pas, protesta-t-elle. Tu m'aides bien, non ?

— C'est ma propre cause que je sers avant tout.

— Je vois.

Malgré ses dénégations, mille questions se bousculaient dans la tête de Latika. Son cœur était-il vraiment aussi vide qu'il le prétendait ? Ou seulement encombré de souvenirs trop douloureux pour être partagés ?

À sa surprise, la société de Gunnar n'était pas située dans le quartier des affaires, ni celui très animé de Gaslamp, mais dans la vieille ville sur les collines dominant l'océan. Construit à flanc de montagne, l'édifice se composait d'immenses conteneurs dans lesquels avaient été insérés de vastes panneaux vitrés. Les ailes d'un vieux Boeing 747 constituaient un toit d'acier léger aux courbes insolites. Le tout se fondait harmonieusement dans le paysage. Seul l'éclat du métal se répercutait sur les eaux limpides du Pacifique à ses pieds.

— Je ne m'attendais pas à cela, admit-elle.

— Rien de ce que je fais n'est attendu, souligna Gunnar.

— Évidemment.

Une large route pavée montait à l'assaut de la colline, et ils ne tardèrent pas à arriver à destination.

L'intérieur du bâtiment présentait un style ultramoderne, entre tons clairs et abondante lumière naturelle reflétée sur les poutres en chrome courant le long du plafond. Les lignes courbes et l'aile en métal servant de toit redoublaient l'intérêt de l'endroit, plus évocateur d'un studio d'artiste que de bureaux d'entreprise.

Gunnar sourit lorsqu'ils franchirent le seuil.

— Bonjour, lança-t-il à la ronde.

L'espace était entièrement ouvert, avec des bureaux disposés un peu partout.

— Bonjour ! chantonna en chœur le personnel.

— Du nouveau ?

— Rien du tout, répondit l'employée installée près de la porte.

Elle lui lança un regard inquisiteur.

— Je vous présente ma femme, dit Gunnar.

— Nous sommes au courant, intervint un homme au fond de la salle. La nouvelle de votre mariage a fait le tour du monde. Bien sûr, aucun d'entre nous n'a mentionné qu'il vous connaissait.

— J'ai évité toutes les discussions à ce sujet par crainte de faire une gaffe, ajouta une femme.

— Eh bien, dorénavant, ce ne sera plus nécessaire, déclara Gunnar. La presse sera là dans dix minutes pour une visite de la société. Cet endroit n'est plus un secret. Pour la peine, vous allez tous recevoir une augmentation.

Un tonnerre d'applaudissements accueillit cette annonce. Latika n'en revenait pas de voir tout le monde si à l'aise avec Gunnar. Une joyeuse familiarité régnait dans leurs interactions, à laquelle elle ne se serait jamais attendue. Ils s'adressaient à lui non seulement comme à un patron ordinaire, mais aussi comme à une *personne* ordinaire.

Gunnar n'était ni l'un ni l'autre.

Latika se vit entraîner dans une brève visite de l'étage et présenter à chaque employé. Puis le premier reporter arriva.

En tout, ils étaient quatre journalistes, équipés de caméras et d'appareils enregistreurs. Ils suivirent Latika et Gunnar à travers les bureaux, tandis que Gunnar énumérait les progrès réalisés par son entreprise dans l'énergie verte et l'éco-architecture, en ponctuant ses explications de grands gestes passionnés. Des innovations dont Latika avait entendu parler, sans savoir qu'elles avaient été financées par les recherches de Gunnar.

— Pourquoi avoir gardé le secret si longtemps ? questionna l'un des journalistes comme ils achevaient la visite par son bureau.

Le conteneur situé au sommet du bâtiment, meublé d'une grande table de travail faisant face aux eaux cristallines du Pacifique. Une pièce spacieuse et confortable, dont l'élégance civilisée n'était séparée que par une mince vitre de l'indomptable océan. Le palais de Bjornland offrait un décor résolument traditionnel. Les quelques changements apportés étaient ceux d'Astrid. Cet endroit-ci était à l'image de Gunnar.

— J'ai longtemps pensé qu'être connu nuirait à mes projets, expliqua Gunnar. Ma réputation était loin d'être exemplaire, et j'avais besoin d'investisseurs. De gens prêts à me confier leurs meilleurs chercheurs pour faire avancer les choses.

Les reporters buvaient ses paroles, mais Latika n'était pas dupe. Toute cette belle histoire n'était qu'un tissu de mensonges.

— Pourquoi vous intéressez-vous autant à l'écologie ? s'enquit un autre journaliste.

— Bjornland est l'un des meilleurs exemples de la

majesté de la nature. J'ai grandi entouré de montagnes et de cieux limpides. J'ai toujours adoré la nature. C'est pourquoi il est important pour moi de la préserver. Vous n'ignorez pas que j'ai contribué à la création d'un parc naturel dans mon pays, où tout développement est interdit.

Il marqua une courte pause avant de poursuivre :

— J'en conçois une satisfaction d'autant plus grande que j'étais adolescent à l'époque. S'amuser et sortir avec ses amis laissent d'agréables souvenirs personnels. Mais investir dans un projet durable au service de l'humanité tout entière est le meilleur usage que je puisse faire de mon argent. Bien sûr, l'entreprise est rentable. Croyez-le ou non, je ne suis pas totalement altruiste.

Son public rit avec lui.

— Mais être avec Latika m'a donné envie de vivre autrement, ajouta-t-il.

— Doit-on voir un lien direct entre votre mariage et ces révélations ? interrogea un reporter.

— Sans aucun doute. Ma femme a fait de moi un autre homme. J'ai dû me mettre à nu devant elle. Lui montrer tout de moi, le meilleur comme le pire. Le monde entier connaît mes scandales. Pour le bien de Latika, il est temps qu'il découvre un peu de mes bons côtés.

Il répondit encore à quelques questions, avant de donner congé aux journalistes.

— Est-ce vrai, tout cela ? demanda Latika lorsqu'ils furent seuls. Je veux dire, à propos de ton engagement dans ces projets…

— Oui. J'ai fait du chantage à mon père pour obtenir ce parc.

— Tu as… *quoi* ?

— J'avais dix-huit ans. Il s'intéressait à une proposition de station de ski dans certaines des montagnes entourant Bjornland, raconta-t-il. Je ne suis pas opposé au développement, sache-le. Je suis moi-même un homme d'affaires dans l'âme, peut-être plus qu'un prince. Mais le projet était grotesque, et l'empreinte carbone aurait été désastreuse pour l'environnement. Je suis allé trouver mon père avec une autre proposition : déplacer la station dans une partie des montagnes déjà développée et préserver un espace naturel pour les générations futures.

Il poussa un soupir.

— L'idée ne lui a pas plu. Je lui ai alors rappelé qu'il avait quelques squelettes dans son placard ayant tout intérêt à y rester. Il était furieux de se retrouver à ma merci, mais il a dû céder. C'est ainsi qu'est né le parc. Il est toujours là aujourd'hui, préservé par Astrid. J'ai décidé d'en faire mon domaine d'expertise et de continuer à développer le monde de manière écoresponsable. Nous n'avons pas d'autre endroit où vivre que cette planète. Pourquoi ne pas la traiter avec plus de respect ?

— Dit l'homme qui voyage en jet privé…

Il secoua la tête dans un sourire.

— Quelle réponse prévisible ! Tu perds la main.

— Alors ne te comporte pas en cliché, rétorqua-t-elle, piquée au vif.

— Je ne prétends pas être un parangon de vertu, Latika. Mais cette cause me tient à cœur. Alors j'essaye d'agir à mon niveau. C'est notre devoir d'humain, non ? Si on a les ressources nécessaires et qu'on ne fait rien, alors dire qu'on veut changer les choses est un mensonge.

Latika ne trouva rien à répliquer.

— Cela doit faire trop longtemps que je ne me préoccupe que de moi-même, conclut-elle.

Gunnar fronça les sourcils.

— Je n'ai jamais pensé que tu étais égoïste, Latika.

— Pourtant, je le suis. J'ai entièrement voué les quatre dernières années de ma vie à éviter d'être repérée. Cela ne signifie pas qu'Astrid ne compte pas pour moi. Mais ma survie passait avant tout. J'ai hâte de pouvoir enfin me consacrer à autre chose.

Elle s'était tellement persuadé qu'épouser Gunnar revenait à se soumettre à une autre forme de captivité qu'elle n'avait pas vu les choses sous cet angle-là. Mais l'entendre parler de causes plus importantes lui avait ouvert les yeux sur la réalité de ce qu'était devenue sa vie : insignifiante et sans horizon. Dictée par la nécessité. Ce n'était pas ce dont elle rêvait.

— As-tu faim ?

La question de Gunnar la tira de ses réflexions.

— Mon corps a perdu la notion du temps. Je ne sais pas si je suis affamée, épuisée ou prête à courir un marathon.

— L'astuce contre le décalage horaire est de manger, lui confia Gunnar. Cela te tient éveillé jusqu'à l'heure normale pour aller se coucher. Difficile de s'endormir quand on mastique un bon steak.

Latika éclata de rire.

— Oui, vu comme cela.

— Allez, viens, dit-il. Je t'emmène à la maison.

# 8.

La villa de Gunnar était impressionnante, et il le savait. Une prouesse d'architecture toute en bois et métal recyclé, s'intégrant naturellement au flanc de la montagne sur lequel elle était construite. Il y était trop habitué pour prêter encore attention à sa beauté. Mais le regard ébloui de Latika l'incita à la considérer d'un œil neuf, et une fierté nouvelle lui gonfla la poitrine.

Il avait ordonné à son personnel d'être parti à son arrivée. Le dîner était prêt et servi selon ses instructions. Lorsqu'on s'entourait de gens dotés du même niveau d'exigence que soi, tout se passait pour le mieux, avait-il constaté. Il en allait de même au sein de sa société. Tous ses employés partageaient sa passion et son ambition, ce qui contribuait à un environnement de travail serein où chacun s'épanouissait sans entraver les progrès de ses collègues.

Gunnar s'était habillé pour le dîner – chemise blanche et pantalon noir – et avait prié Latika d'en faire autant. Leurs vêtements, comme le dîner, avaient été préparés assez tôt. S'il avait fait venir les affaires de Latika, il avait aussi pris la liberté de demander à la styliste d'Astrid d'étoffer sa garde-robe.

La table du dîner sur la vaste terrasse surplombant l'océan était parfaite. Il s'attendait à ce que Latika le soit aussi. Elle l'était toujours. Mais rien n'aurait pu le préparer à la vue de la jeune femme s'avançant vers lui, dans une robe rouge dénudant ses longues jambes bronzées et soulignant ses courbes de rêve à faire perdre la tête au plus endurci des hommes. Gunnar en eut le souffle coupé. Il avait fréquenté certaines des plus belles femmes au monde. Il se croyait immunisé.

Mais Latika appartenait à une tout autre catégorie. Il la désirait avec chaque fibre de son être, d'un désir féroce et primitif. Quelque chose chez elle dépassait la simple beauté. Une sorte d'aura qui le saisissait à la gorge à chaque mouvement de sa chevelure de jais ondulant dans son dos. Sa robe, aussi spectaculaire qu'elle fût, devenait un objet de ressentiment du seul fait qu'elle couvrait son corps et le dissimulait à sa vue.

Latika ne semblait pas avoir remarqué le chaos dans lequel elle l'avait plongé. Tout se mélangeait en lui et brouillait ses repères, au point de lui donner le vertige.

— C'est ravissant, dit-elle en entrant sur la terrasse.

Gunnar s'empressa de tirer sa chaise pour elle. Elle arqua un sourcil goguenard.

— Quel gentleman !

— C'est loin d'être mon principal trait de caractère, contesta-t-il avec un petit rire.

Latika parut réfléchir à sa remarque.

— Oui, tu aimes raconter cette histoire.

— Ce n'est pas une histoire mais un fait, rectifia-t-il. Avoir contribué à la création d'un parc naturel et défendre l'écologie n'efface pas le reste.

— Non, sans doute pas.

— Cela te réconforterait de penser que l'homme que tu as épousé est peut-être plus décent que tu ne l'imaginais ?

— Disons que je trouverais cette version de toi plus intéressante.

— Bon à savoir. Je me donne tant de mal pour que tu t'intéresses à moi.

Il avait prononcé ces mots comme une plaisanterie. Alors pourquoi lui paraissaient-ils sincères, tout à coup ?

— Je n'ai que des pièces éparses du puzzle, qui

ne collent pas entre elles, dit Latika. J'aimerais avoir l'image entière.

— Pour quelle raison ?

— Parce que dès notre première rencontre je me suis sentie attirée par toi, sans comprendre pourquoi. Je crois que la réponse se cache dans ce que tu ne dis pas.

— Cela te tourmente-t-il à ce point de désirer un homme que tu n'aimes pas ?

— Peut-être, admit-elle. Mais je crois que c'est plus complexe que cela.

— J'en doute, décréta Gunnar. Nous sommes des êtres simples. On veut la paix. Et, quand on échoue à la trouver, on se réfugie dans l'oubli. Ce ne sont pas les moyens qui manquent. Alcool, drogue, sexe… Notre corps recherche naturellement ce qui le stimule. Le plus souvent, nos émotions n'entrent pas en jeu. On est prêt à sacrifier toute une vie d'efforts pour quelques heures de distraction. Qu'est-ce qui te fait croire que tu es au-dessus de cela ?

— Je ne vois pas en toi un vulgaire objet sexuel, Gunnar.

— C'est ta sensibilité qui parle. Pour ma part, je serais ravi de te servir de distraction.

— Tu n'en restes pas moins un être humain, contra Latika. Tu as beau prétendre n'avoir aucune substance, nous savons tous les deux que c'est faux.

— Mon histoire n'a aucun intérêt. Je ne suis qu'un prince menant une existence dorée.

— Si c'est ce que tu veux que je croie…

Son intonation blasée froissa son ego. Il s'efforça de ne pas ruminer là-dessus tandis qu'ils mangeaient dans un silence relatif. Quelle importance, qu'elle le trouve intéressant ou non ? Il y avait bien longtemps qu'il ne se souciait plus de ce que pensaient les gens. Elle comprise.

— C'est drôle de grandir dans une cage dorée, reprit-elle doucement. Je sais ce que c'est. Je n'étais qu'un pion aux yeux de mes parents. Un moyen pour eux de s'élever socialement. Un titre, c'était ce qu'ils visaient.

Une chance qu'ils aient eu une fille plutôt qu'un garçon. Une fille, on peut la marier à un bon parti.

— Je n'avais jamais vu les choses ainsi, mais cela se tient, répondit Gunnar. Mon père, pour sa part, aurait préféré me voir moi sur le trône, tandis qu'Astrid se serait contentée de consolider le pouvoir.

— Tout ce que mes parents voulaient, c'était me faire épouser quelqu'un comme toi, continua Latika. Et ils n'ont pas ménagé leurs efforts. En plus d'être belle, je devais être sophistiquée. J'ai donc reçu une éducation en ce sens. Je joue du piano et me débrouille en danse classique, tu le savais ? J'ai appris tout ce qu'il y avait à savoir pour soutenir une conversation en société, mais pas trop pour ne pas avoir l'air plus intelligente que l'homme qu'on me choisirait. Il n'a jamais été question de m'enrichir sur le plan personnel, seulement de me transformer en jolie épouse trophée.

Gunnar serra la mâchoire.

— Comme on dresse un chien à obéir aux ordres…

Imaginer Latika manipulée ainsi le rendait malade.

— J'ai conscience que beaucoup de gens sur terre vivent une situation bien plus tragique, poursuivit-elle. Leur survie est un combat quotidien, qu'il s'agisse de trouver un toit ou de quoi se nourrir. C'est juste que… Pendant longtemps, je n'ai été qu'une marionnette entre les mains de mes parents. Puis j'ai dû me cacher pendant quatre ans. Alors je sais que l'argent ne fait pas le bonheur. On peut évoluer au milieu de ce qu'il y a de plus beau, cela n'a aucun sens si votre entourage vous veut du mal ou vous prive de liberté.

— Oui, pauvres petits gosses de riches traumatisés par leur passé privilégié… Un grand classique des réceptions mondaines.

Gunnar regretta aussitôt ses paroles. Latika se montrait sincère avec lui. Il n'avait pas l'habitude. Cette façon de lui ouvrir son cœur le mettait mal à l'aise. Elle partageait avec lui des expériences douloureuses alors qu'il restait fermé comme une huître. Au fond, qu'est-ce qui l'empêchait d'évoquer avec elle son passé ?

Il avait de bonnes raisons de tenir Astrid à l'écart. Il refusait qu'elle porte le fardeau de ce que leur père lui avait infligé. Plus que tout, il craignait de la voir souffrir en apprenant à quelles mesures drastiques le vieux roi avait été prêt contre elle. Tout ce qu'elle avait perçu de sa part était de la désapprobation. Même lorsqu'il avait instauré un conseil pour lui mettre des bâtons dans les roues. Le manque de confiance de leur père l'avait blessée. Mais elle ignorait tout du caractère plus sinistre de son opposition. Et c'était très bien ainsi.

Avec Latika, c'était différent. Pourquoi lui cacherait-il la vérité ?

— Ma sœur t'a-t-elle déjà parlé de notre père ? demanda-t-il.

— Je sais qu'il s'opposait à ce qu'elle monte sur le trône, sans rien pouvoir y changer.

— Grâce à notre mère. C'était une femme de caractère. Je me suis toujours demandé pourquoi elle l'avait épousé, raconta Gunnar. Son titre parle de lui-même, sans doute. Ma mère a saboté les plans de mon père dès le début. À peine Astrid était-elle née qu'elle a fait savoir au monde entier que ma sœur était l'héritière.

— Aurais-tu aimé être à sa place ? questionna Latika.

— J'aurais fait mon devoir. Mais quiconque convoite un tel pouvoir ne devrait jamais l'obtenir.

— C'est vrai.

— Le poids de la Couronne est écrasant, continua-t-il. C'est encore plus vrai pour Astrid. Elle doit être au-dessus de tout reproche, plus qu'on ne l'aurait exigé de moi. Non, je ne l'envie pas. Aux yeux de ma sœur, notre père me préférait, mais c'était une illusion. En réalité, j'étais sa plus grande déception. Ce dont il rêvait, c'était un fils à son image, assoiffé de pouvoir. Une soif qu'il a tenté d'instiller en moi.

L'expression de Latika changea. Dans ses yeux brillait une douceur qu'il n'avait jamais vue dirigée à son égard.

— Ce que mon père n'a jamais compris, c'est le lien inaltérable qui unit des jumeaux. Ma sœur fait partie de moi. Je mourrais pour elle. Quand il a réalisé que je ne la trahirais pas de moi-même, il a changé de tactique. Il y a un cachot dans le sous-sol du palais…

Le visage de Latika se décomposa.

— Gunnar…

— Promets-moi de ne rien répéter de ce que je vais te dire à ma sœur, lui enjoignit-il.

— Astrid est ma meilleure amie.

— Et je suis ton mari. Si tu tiens à connaître mes secrets, tu dois comprendre pourquoi je les ai gardés.

— Dis-moi, souffla-t-elle.

— Et, si tu veux protéger Astrid, jure-moi qu'elle n'en saura jamais rien.

— Je le jure.

Gunnar songea au dessert au frais dans la cuisine. Le gâteau princesse attendrait. Il se mariait mal avec l'histoire qu'il avait à raconter.

— Mon père ne doutait pas seulement des capacités d'Astrid. Il méprisait la possibilité même qu'elle puisse régner, commença-t-il. Pour lui, monarchie et patriarcat allaient de pair. C'est moi qu'il voulait voir sur le trône. Hélas pour lui, ce n'était pas si simple. Nous avons un gouvernement à Bjornland. Un Conseil, certes loyal à mon père. Mais il n'existait aucun précédent de la substitution qu'il espérait. Une telle mesure aurait provoqué une guerre civile. À la naissance de l'héritier du trône, l'armée lui prête allégeance. Ce serment a la même valeur que celui prêté au roi lui-même. Il en va de même pour le Conseil.

— Donc…

— À part en l'assassinant, il ne pouvait rien contre ma sœur.

— Il n'aurait jamais fait cela !

L'horreur dans la voix de Latika était si sincère que

son cœur s'adoucit. Elle aussi, il avait envie de la protéger contre tout cela.

— La seule certitude est qu'il n'est jamais passé à l'acte, dit Gunnar. J'ignore si c'est par humanité ou par crainte des risques encourus. Être surpris à tenter de supprimer sa propre fille… Il ne s'en serait jamais relevé.

— Je refuse d'y croire…

— Tu ne le connais pas. Il savait que reprendre le trône de force était impossible. Mais il espérait que je persuade Astrid de se désister. Très tôt, il a commencé à m'éduquer en ce sens, en essayant d'instiller en moi l'idée que les femmes étaient faibles et incapables de gouverner. Mais je connaissais ma mère. Question force de caractère, personne ne rivalisait avec elle. J'avais sous les yeux la preuve que mon père avait tort. Quant à Astrid, elle était plus patiente et bienveillante que moi. Cela aussi, c'est une force. Pour moi, elle était et restera toujours la dirigeante légitime du pays. Rien de ce que me racontait mon père ne m'aurait fait changer d'avis. Alors il a opté pour d'autres méthodes.

— Tu as dit qu'il ne s'était pas attaqué à Astrid, bredouilla Latika. Tu veux dire…

— Oui. Il s'en est pris à moi. Il m'enfermait dans le cachot pendant des jours et m'obligeait à dire que j'étais supérieur. Que je ferais un meilleur souverain pour le pays. Je refusais. Ses efforts ont eu l'effet inverse. Je me suis juré de ne jamais me laisser manipuler. Je prêtais allégeance à ma sœur dans ma tête et le répétais tout haut devant mon père quand il venait. J'étais résolu à ne pas le laisser entrer dans ma tête.

Il évita le regard de Latika.

— Si j'étais vraiment aussi fort qu'il le prétendait, autant le lui montrer. Un vrai leader ne se laisse briser par personne. Comble de l'ironie, c'est en me rebellant contre lui que j'ai trouvé ma vraie force. Puis le garçon a grandi. Quand j'ai approché l'âge adulte, mon père a compris qu'il avait perdu tout pouvoir sur moi. Plus jamais il ne m'atteindrait.

— Tout cela est arrivé alors que tu étais enfant ?

— Oui. Un tyran s'en prend toujours aux plus faibles.

— Comment as-tu survécu ?

— J'avais un but. Protéger Astrid.

— Et c'est comme cela que tu es devenu… celui que tu es aujourd'hui ?

— J'ai pris un malin plaisir à contredire mon père et à lui prouver qu'être un homme ne me rendait pas plus compétent pour diriger le pays, expliqua Gunnar. C'est moi, plus que ma sœur, qui suis devenu la véritable épine dans son pied en renforçant aux yeux du peuple la légitimité d'Astrid. Lorsqu'elle est montée sur le trône, personne à Bjornland n'aurait préféré que je devienne roi à sa place. Je ne prétends pas qu'Astrid avait besoin de mes frasques pour briller, loin de là. C'est juste que…

— Les mentalités sont parfois lentes à évoluer, compléta Latika. Je suis bien placée pour le savoir.

— Voilà l'histoire de ma vie, conclut-il. Je suis un film de super-héros à moi tout seul.

Latika se leva brusquement de table. Avant qu'il ait eu le temps de comprendre ce qui se passait, elle se mit à genoux devant lui et serra ses mains dans les siennes.

— Je ne sais pas quoi dire, murmura-t-elle.

— Ne t'agenouille pas devant moi à moins d'avoir très envie de me faire plaisir, répondit Gunnar.

C'était plus fort que lui. Un mécanisme de défense instinctif face à cette démonstration d'empathie. Mais, comme en réponse à son invitation, elle se redressa et se pencha vers lui en lui saisissant le menton. L'instant d'après, ses lèvres se refermaient sur les siennes.

# 9.

*As-tu complètement perdu la raison ?*

Latika n'était pas loin de le croire. Cette sensation intense, ce feu ardent dans ses veines était nouveau pour elle. Une sensation inconnue, et pourtant étrangement familière.

Gunnar.

Elle avait envie de le toucher. De lui transmettre toutes ces émotions qui se mélangeaient en elle.

Pour l'enfant qu'il avait été. Terrifié mais déterminé à ne pas se laisser endoctriner.

Pour l'homme qu'il était devenu, arrogant, exaspérant et absolument captivant.

Elle avait toujours soupçonné une force peu commune derrière son éternelle insolence. Elle découvrait aujourd'hui qu'elle était un bouclier derrière lequel il s'était protégé d'un père machiavélique. Un père qui avait peut-être pris plus de plaisir à manipuler ses enfants qu'il ne s'était réellement soucié du résultat.

Gunnar avait gardé tout cela pour lui. Il avait caché la vérité à Astrid afin qu'elle ne sache jamais ce qu'il avait enduré pour elle. Il avait voulu lui épargner la souffrance de connaître toute l'étendue de la haine de son père à son égard. Le prince play-boy n'était pas la honte de la couronne de Bjornland, mais son joyau le plus précieux. Dès leur première rencontre, Latika l'avait pris en grippe, et son mépris n'avait fait que grandir au fil des années. Comment avait-elle pu se tromper à ce point ?

Elle l'embrassa avec passion et oublia tout le reste. Rien d'autre ne comptait que cette intense connexion physique entre eux. Gunnar émit un grognement appréciateur et l'attira sur ses genoux. Son bras la ceignait tel un étau. Leurs langues se cherchaient dans une joute fiévreuse, chaque sensation décuplée par le frottement rugueux de sa mâchoire contre la sienne. Son Viking semblait résolu à mener la danse, même si c'était elle qui avait commencé leur baiser. Et cela lui convenait. S'il avait besoin de la conquérir, qu'il le fasse.

Gunnar avait vu juste. Elle s'était passée de sexe pendant vingt-quatre ans. Aujourd'hui, elle comprenait pourquoi. C'était cela qu'elle avait attendu. Peut-être pas lui spécialement, mais ce désir-là, comme gravé dans chaque pore de sa peau. Un désir si indéniable qu'il étouffait en elle toute volonté de le combattre.

— Ici, maintenant, dit Gunnar d'une voix rauque.

— Ici ? Je ne crois pas…

— C'est mon fantasme depuis le premier jour où je t'ai vue, la coupa-t-il en se levant, un bras ferme noué autour de sa taille.

Latika croisa les jambes dans son dos pour ne pas tomber. Quelques secondes plus tard, elle se sentit plaquée contre une surface dure. Elle se noyait dans ces yeux chevillés aux siens, du même bleu que l'océan qui les entourait. Gunnar la souleva de sorte qu'elle se retrouva les jambes sur ses épaules, le dos appuyé au mur derrière elle. Une exclamation de surprise lui échappa, et elle sentit son bras musclé se resserrer autour d'elle comme il plongeait le visage entre ses cuisses. Seule sa petite culotte protégeait encore son intimité. Il imprima un baiser dans le creux tendre de sa cuisse, avant de retrousser sa robe, d'un côté, puis de l'autre. Lentement, il promena le dos de la main sur sa fente à travers la dentelle.

— Dommage, elle était si jolie…

D'un coup sec, il lui arracha sa culotte, exposant son mont de Vénus à ses yeux avides.

— L'avantage de vivre dans les collines, c'est qu'on profite d'une vue splendide, à l'abri des regards indiscrets.

Il l'embrassa plus haut encore. Soudain, sa langue fut sur elle. En elle. Le plaisir lui arracha un gémissement étouffé. Elle renversa la tête en arrière, chavirée. Comment en étaient-ils arrivés là ? Quelques minutes plus tôt elle le réconfortait et, maintenant, elle se tortillait contre le mur sous ses caresses expertes. Il était si grand, si imposant, une large main étalée sous ses fesses tandis qu'il lui faisait perdre la tête par la seule magie de sa bouche. Jamais elle ne s'était sentie si féminine, ni si désinhibée. Comme s'il avait libéré l'instinct charnel qui sommeillait en elle. Cette découverte lui donnait le vertige. Oh ! elle avait toujours senti quelque chose d'intense, presque sauvage, dans l'alchimie qui les liait. Mais ce qu'il lui faisait éprouver en cet instant dépassait l'entendement.

Et elle n'était pas au bout de ses surprises. Alors que sa langue continuait à la tourmenter, elle sentit un doigt s'insinuer en elle. Ses hanches se cambrèrent d'elles-mêmes en réaction à cette exquise intrusion. Ce n'était pourtant que le début. Des plaisirs mille fois supérieurs se profilaient, elle le savait. Se sentant perdre pied, elle se raccrocha d'une main à l'épaule de Gunnar, tandis que l'autre s'enfonçait dans sa tignasse blonde. Gunnar continuait à la savourer comme il aurait savouré un délicieux dessert. Un second doigt rejoignit le premier, imprimant à ses caresses un crescendo fabuleusement érotique. Latika en avait le souffle coupé. L'orgasme éparpilla son être dans un tsunami de sensations. D'instinct, elle s'arqua et crispa les jambes autour de Gunnar, pressant son visage contre elle. Peu à peu, le plaisir reflua, et tous ses muscles se relâchèrent. Seule la poigne d'acier de Gunnar l'empêchait de s'écrouler telle une poupée de chiffon. Il dégagea sans peine ses jambes de ses épaules et la serra contre lui.

— Tu es encore plus incroyable que je ne l'avais imaginé, dit-il d'une voix bourrue.

— Toi aussi, balbutia-t-elle, étourdie par le contrecoup.

— Si tu savais comme je te veux… Enfermé dans mon cachot, enfant, je rêvais de plaisirs simples. Des friandises. Des jouets. Puis à l'adolescence je me suis mis à penser aux femmes. Je fantasmais sur un autre genre de plaisir qui me demeurait inaccessible. La privation faisait partie du supplice.

Les mots de Gunnar la bouleversaient. Ils pénétraient sa peau et lui vrillaient le cœur aussi sûrement que ses mains avaient enflammé chaque cellule de son corps.

— Quand j'ai enfin été libre, je me suis juré de ne plus jamais ressentir cela. Je ne me refusais rien, et rien ne m'était refusé. Puis tu as surgi dans ma vie. J'ai eu envie de toi au premier regard, mais tu m'as fait attendre. Tu n'as pas idée de la torture que cela a été…

— Alors prends-moi, souffla-t-elle, frémissante de désir.

Oui, il n'avait qu'à la faire sienne. Là, contre le mur. Par terre. Où bon lui semblait. Tout ce qu'il voulait, elle le lui donnerait. Elle ferait n'importe quoi pour lui.

C'était l'invitation qu'il attendait, apparemment. Aussitôt, il la souleva dans ses bras et monta quatre à quatre les trois volées de marches jusqu'à sa chambre. La pièce occupait le sommet de la villa, avec pour tous murs d'immenses baies vitrées donnant sur l'océan, dont les vagues coiffées d'écume s'élançaient à l'assaut du ciel. À l'image du désir enflant de nouveau en elle. Si vite après l'orgasme qui venait de la foudroyer. Comment était-ce possible ?

Le lit était gigantesque, ses draps immaculés. Il trônait sur une estrade, comme émergeant des flots. Lorsque Gunnar l'y déposa sur le dos, ses jambes s'écartèrent involontairement dans le mouvement. Elle rougit en se rappelant qu'elle ne portait plus rien sous sa robe.

— Trop tard pour jouer les pudiques, dit Gunnar en lui maintenant d'autorité les cuisses ouvertes.

Il baissa la fermeture dans son dos et s'étendit sur elle. Sa belle robe rouge n'aurait même pas tenu une heure.

En quelques secondes, elle se retrouva en soutien-gorge, dont les motifs de dentelle laissaient largement entrevoir ses mamelons. Elle le savait. En sous-vêtements devant son miroir, elle s'était demandé ce qu'il en penserait. La flamme dans ses yeux bleu glacier était une réponse plus qu'éloquente.

Il la voulait. Elle avait été si distraite par l'envie de lui faire plaisir qu'elle n'avait pas réalisé à quel point c'était agréable d'être désirée par lui. Personne ne l'avait jamais acceptée telle qu'elle était. Ses parents avaient cherché à faire d'elle la fille parfaite, reflet d'eux-mêmes. Ragnar, une esclave de ses désirs déviants. Elle avait été une fille, une fugitive, une assistante. Jamais une femme à part entière. Sous le regard admiratif de Gunnar, elle se sentait enfin femme.

Son soutien-gorge ne tarda pas à rejoindre sa robe par terre. Elle ne portait plus que ses talons hauts, appuyée sur les coudes, cheveux détachés et jambes écartées. À vrai dire, elle se sentait un peu ridicule dans cette pose provocante. Une pin-up vierge, sur le point de se donner à un homme dont l'expérience dépassait son imagination…

Gunnar, lui, semblait aimer ce qu'il voyait. Il se pencha et l'embrassa dans le cou, puis remonta le long de sa mâchoire jusqu'à ses lèvres qu'il prit avec fougue. Ses baisers lui faisaient tourner la tête. Une délicieuse langueur s'insinuait dans ses membres. Bientôt, il délaissa sa bouche pour promener la sienne sur ses seins, avant de sucer un de ses tétons. Une flèche de feu la traversa de part en part. Elle pantelait, secouée par la force de ce plaisir nouveau, si tôt après son premier orgasme. Jamais elle n'aurait cru son corps capable de telles prouesses. Cet aperçu lui donnait envie de plus. Tellement plus !

Une plainte lui échappa comme il s'attaquait à son autre téton. L'exquise succion la rendait folle de désir.

— J'ai besoin de toi… En moi…

Gunnar se redressa. Il déboutonna sa chemise et la jeta de côté, dévoilant ce torse viril qu'elle avait admiré tant de fois. Les muscles étaient sculptés à la perfection, parsemés d'un duvet ni trop fourni, ni pas assez. Sa main se posa sur sa boucle de ceinture. Latika déglutit, la gorge sèche. Cette part de lui demeurait un mystère. La perspective de le percer enfin fit courir un frisson d'anticipation le long de sa colonne vertébrale. Seigneur, ce qu'elle avait envie de lui !

Il baissa son pantalon ainsi que son boxer. Son souffle se bloqua dans sa gorge. Il était à se damner. La virilité faite homme. Pas étonnant que les femmes se battent pour ses faveurs ! Sous ses airs de dieu taillé dans le marbre, il était bel et bien fait de chair et de sang, réunis sous ses yeux en une impressionnante érection. Une véritable œuvre d'art.

— La vue te plaît ? lança-t-il avec un sourire nonchalant.

Elle s'obligea à respirer de nouveau.

— Oui, rien à redire.

Avec un grognement satisfait, il s'allongea sur elle et l'embrassa langoureusement. Leurs deux corps nus s'entremêlaient, peau contre peau. La sensation était grisante. Elle ondula contre lui, avide d'un contact plus intime encore. Elle avait besoin de lui en elle, maintenant. Elle mourrait s'il la faisait attendre plus longtemps. Mais Gunnar continuait à prendre son temps.

Il approcha son sexe du sien et la caressa le long de sa fente, testant sa moiteur, stimulant le bourgeon sensible au creux de ses cuisses. L'érotique friction était d'une sensualité inouïe, pour lui comme pour elle. Lorsqu'il revint se placer à l'orée de sa féminité, elle frémissait de plaisir, prête à le faire jouir en elle. Elle ignorait si elle aurait mal et à quoi s'attendre. Mais elle savait qu'elle en avait besoin. Rien d'autre ne lui apporterait la délivrance que son corps réclamait.

Gunnar donna soudain un vigoureux coup de hanches, déchirant l'hymen tant débattu lors de leur plus mémorable échange. Latika ravala un cri. Gunnar ne parut s'apercevoir de rien. Il continua à s'enfoncer en elle jusqu'à l'emplir tout entière. La douleur ne dura qu'une seconde, chassée par une merveilleuse sensation de plénitude. C'était donc cela, l'union physique entre deux personnes. Ses muscles intimes se resserrèrent autour de Gunnar comme pour l'attirer plus loin encore. D'instinct, elle s'arqua contre lui.

Ce fut l'étincelle qui mit le feu aux poudres. Leur alchimie explosa dans un feu d'artifice de plaisir. Gunnar la pilonnait de violents coups de butoir, encore et encore. Jamais elle ne l'avait vu ainsi. Les traits crispés par l'effort. Les lèvres retroussées comme celles d'un animal sauvage. Une flamme sombre dansait dans ses yeux bleus. Envolé, cet esprit caustique qu'il érigeait entre lui et le monde. Il s'abandonnait sans réserve à son désir, et ses râles de plaisir se répercutaient à travers son corps à chaque féroce va-et-vient. Le voir ainsi était le plus aphrodisiaque des spectacles. C'était si bon d'être désirée à ce point par un homme !

Non. Pas n'importe quel homme. Par *lui*.

Il n'y avait personne d'autre que Gunnar.

Un ultime coup de reins la fit basculer dans l'extase, et un million d'étoiles crépitèrent au-dessus de sa tête. La seconde d'après, Gunnar lâchait prise à son tour dans un grondement rauque. Son corps trembla, secoué de spasmes comme sa semence se déversait en elle. Ils restèrent un moment dans les bras l'un de l'autre, moites de sueur, le souffle haché. Soudain, Gunnar se dégagea avec la fluide célérité d'une panthère.

— Tu étais vierge.

Elle roula sur le côté, honteuse de la tache de sang sur le matelas.

— Oui. Je t'avais prévenu.

— Prends-tu la pilule ?

La froide réalité la heurta de plein fouet. Ils ne s'étaient pas protégés. Et, étant donné la période du mois, le risque qu'elle tombe enceinte était à envisager.

Gunnar attendait une réponse. Son cœur cognait à tout rompre dans sa poitrine.

— Eh bien ? La prends-tu ? répéta-t-il.

— Non, avoua Latika.

Il s'y attendait. Une fureur sourde fusa dans ses veines.

— Je t'ai dit que je ne voulais pas d'enfants !

La jeune femme pâlit.

— Je… Je n'y ai pas pensé…

— À d'autres, cracha-t-il dans un accès de rage aveugle.

Il ressentait soudain le besoin de fuir son propre corps. Ce dernier l'avait trahi au-delà de toute réparation possible, déclenchant une réaction en chaîne que plus rien ne pouvait arrêter. La perspective d'une paternité imminente le terrifiait et l'empêchait de respirer.

— Je me fiche de ce que tu penses, répliqua Latika. Je n'ai pas songé aux conséquences. Et, de toute évidence, toi non plus. De quel droit te passes-tu les nerfs sur moi ?

— N'existe-t-il pas une pilule spéciale pour ce genre de situation ? insista Gunnar.

Il devait bien y avoir quelque chose à faire. Un moyen d'enrayer la catastrophe. Choc, peine, colère se succédèrent sur les traits de la jeune femme.

— Ce qui doit arriver arrivera, décréta-t-elle. Cette erreur est la tienne autant que la mienne. Je refuse de prendre une décision que je risque de regretter plus tard.

— Parce que tu veux un enfant. C'était ton but depuis le début !

— Non, Gunnar. C'est vrai que j'ai toujours rêvé d'être mère. De là à prétendre que j'ai usé de mes charmes pour parvenir à mes fins…

Elle se leva et commença à se rhabiller.

— Il y a des moyens plus simples d'obtenir du sperme, qui présentent l'avantage de ne pas avoir à te supporter.

— Tomber enceinte du prince de Bjornland peut te rapporter gros, observa Gunnar d'un ton acerbe.

— Nous sommes déjà mariés. J'ai accès à ta fortune. Quel intérêt aurais-je à te manipuler ?

Elle avait raison, bien sûr. Sa réaction était injustifiée. Mais la panique éclipsait toute logique dans son esprit.

Une émotion nouvelle pour lui, qui avait passé des jours entiers, autrefois, enfermé dans le cachot du palais sans jamais y céder. Il ne se reconnaissait plus, comme si un étranger avait pris possession de son corps. Tout cela à cause de Latika.

— Je ne veux rien avoir à faire avec l'enfant, railla-t-il.

L'inconnu le terrifiait par-dessus tout. Prendre une décision était le meilleur moyen de contrer sa peur.

— Tu ne veux rien avoir à faire avec l'enfant ? répéta Latika.

— Nous en avons déjà discuté. C'est toi qui refuses d'être raisonnable.

— Très bien. Dans ce cas, tu n'auras rien à faire avec moi non plus. Tu me voulais, tu m'as eue. Plus jamais je ne coucherai avec toi.

— Vraiment ? Ta première expérience sexuelle sera aussi ta dernière ?

Elle fit volte-face. Ses yeux lançaient des éclairs.

— Oh ! ce ne sera pas la dernière, rétorqua-t-elle. Je ferai comme si je n'avais pas de mari, voilà tout. Je resterai discrète mais, crois-moi, je trouverai quelqu'un avec qui partager ma vie. Et, si tu me chasses, le monde entier connaîtra ta cruauté. Si Ragnar s'attaque à moi parce que tu refuses ta protection à la mère de ton enfant, que pensera-t-on de toi ? N'était-ce pas le but de ce mariage ? Restaurer ta réputation ? Je croyais qu'au fond tu étais quelqu'un de bien. Mais je me trompais. Toute l'affection que tu portes à ta sœur ne gomme pas le reste.

— Tu crois que je ne le sais pas ?

Il lui agrippa le bras avec colère.

— Tu crois que j'ai besoin qu'on me rappelle quel monstre je suis ? Peu importe l'image que j'essaye de projeter. Mon âme est plus noire que les ténèbres.

— Même s'il n'y a pas d'enfant, tu ne me toucheras plus, siffla-t-elle en se dégageant. Je ne peux pas être avec un homme qui dit et pense des choses pareilles. Je vais me doucher. J'ai besoin d'effacer de ma peau ce qui vient de se passer entre nous.

Sur ces paroles cinglantes, elle disparut dans la salle de bains.

Gunnar fit les cent pas dans le couloir, avant d'aller s'enfermer dans son bureau. Debout devant la baie vitrée, il s'abîma dans la contemplation de l'océan. Il aurait aimé rester plus longtemps, mais leur séjour touchait à sa fin. Il avait rempli son objectif : dévoiler son âme généreuse en rendant publique l'existence de sa société. Ce qu'il n'avait pas prévu, en revanche, c'était de trahir devant Latika l'homme brisé qu'il était vraiment. Un homme qui blessait quiconque l'approchait.

Il appela son pilote.

— Préparez le jet. Nous décollons demain à la première heure.

# 10.

Le vol de retour se fit dans une ambiance délétère. Jamais lune de miel n'avait été aussi courte. L'énorme lit au centre du jet semblait narguer Latika. Parce qu'elle savait, maintenant, ce que Gunnar était capable de lui faire ressentir dans un tel lit. Tristesse et regrets se disputaient en elle. L'espace d'un instant, elle avait cru, peut-être…

Elle avait cru avoir trouvé l'amour.

Oh ! elle n'était pas assez naïve pour s'imaginer que Gunnar allait tomber amoureux d'elle juste parce qu'il lui avait ouvert son âme. Mais elle avait ressenti quelque chose pour lui. Quelque chose de profond, tel qu'elle n'avait jamais expérimenté. Comme si son cœur avait reconnu en lui ce qu'il cherchait depuis toujours.

La sensation s'était envolée aussi vite qu'elle était venue. Gunnar lui avait dévoilé son vrai visage. Il ignorerait leur enfant et couperait tout pont avec lui. Il était prêt à continuer à coucher avec elle tout en désavouant le fruit de leur union. C'était hors de question. On n'infligeait pas à quelqu'un une telle situation. Encore moins à un enfant.

De retour à Bjornland, ils se rendirent non pas au palais, mais directement chez Gunnar. Sans doute n'aurait-elle pas dû s'en étonner.

— Nous vivrons ici, dorénavant, annonça Gunnar. Tes affaires ont déjà été déplacées.

— Évidemment.

Latika avait l'impression de flotter hors de son corps. Mécaniquement, elle se dirigea vers la chambre qu'il lui indiquait. Séparée de la sienne. C'était mieux ainsi. Désormais, ils vivraient leur vie chacun de leur côté, dans cet espace si considérablement réduit comparé au palais. Elle se jeta à plat ventre sur le lit, mais aucune larme ne lui vint. Seulement une profonde lassitude.

La semaine passa sans qu'elle sache vraiment ce qu'elle en avait fait. Cette nouvelle vie qui s'annonçait lui pesait déjà. Elle n'était même plus l'assistante d'Astrid, maintenant qu'elle était mariée à son frère. Privée de la fonction qui l'occupait avant, autant que d'une excuse pour passer du temps avec sa meilleure amie, elle errait comme une âme en peine.

Le quatrième jour après leur retour, Astrid l'avait appelée.

— C'est ridicule, tu sais. Ce n'est pas parce que tu ne travailles plus pour moi qu'on ne peut plus se voir.

À vrai dire, Latika évitait Astrid par peur de trahir sa détresse devant elle. Elle ne pouvait pas lui parler des révélations de Gunnar puisqu'elle avait promis de garder le secret. Et elle comprenait ses raisons. La vérité ne ferait que blesser Astrid. La dernière chose qu'elle souhaitait était de lui faire du mal.

Latika s'ennuyait à mourir. Cela faisait des jours qu'elle et Gunnar ne s'étaient pas adressé la parole. Son mari allait et venait en pleine nuit comme un voleur. Le reste du temps, il était absent. Voyait-il déjà d'autres femmes ? L'idée lui rongeait le cœur tel un poison. Qu'est-ce qui l'en empêchait ? Aucune femme n'avait jamais su le retenir. Elle ne faisait pas exception. Ne lui avait-il pas clairement fait comprendre qu'elle ne signifiait rien pour lui ?

C'est ainsi qu'au bout d'une semaine elle revint au palais pour la première fois depuis son mariage et se fit introduire dans le salon privé de la reine.

— Tu n'as pas l'air en forme, remarqua Astrid.

— Je vais très bien, assura Latika.

— Être mariée à mon frère est-il à ce point une épreuve ?

Latika se força à sourire.

— Je savais que tu me questionnerais à son sujet.

— Est-ce pour cela que tu m'évites ?

— Non, je… C'est bizarre. Tout a changé. Je ne voulais pas m'imposer.

— Notre amitié reste la même et elle est inconditionnelle, déclara Astrid. Tu comptes pour moi, point. Cela n'a rien à voir avec ce que tu peux m'apporter ou non.

Latika se félicita d'être venue, car jamais elle n'avait eu autant besoin d'entendre ces mots. Des mots qu'elle avait attendus de ses parents toute sa vie et qui auraient dû définir sa relation avec son vrai mari. Celui de son choix.

— Merci, murmura-t-elle, sincère. Tu es peut-être la seule à penser cela de moi.

— Alors les personnes de ton entourage sont des imbéciles. Y compris mon frère.

Elles profitèrent de leur déjeuner entre amies sans plus mentionner Gunnar, jusqu'à ce que le téléphone d'Astrid sonne. La reine décrocha. Elle fronça les sourcils à l'écoute de ce qu'on lui disait.

— Vous en êtes absolument sûr ? Parce que si c'est une mauvaise plaisanterie… Non. Je comprends. Je lui transmets la nouvelle.

Astrid raccrocha et regarda Latika droit dans les yeux.

— Ragnar est mort.

Latika sentit le sol se dérober sous ses pieds. Pour la seconde fois en quelques semaines, sa vie venait d'être chamboulée de fond en comble.

Elle attendit jusqu'à la nuit tombée. Gunnar ne réapparut pas. Alors elle monta à bord de son jet privé, auquel elle avait accès depuis qu'elle travaillait pour Astrid, et plus encore maintenant qu'elle était mariée à Gunnar, et s'envola pour l'Italie. Là-bas, elle renvoya le jet à Bjornland et prit un vol commercial pour Londres.

Elle disposait d'un compte en banque là-bas, sur lequel elle avait déposé l'essentiel de ses salaires d'assistante, n'ayant guère d'opportunités de dépenser son argent. Le compte en question et les cartes bancaires associées avaient été établis sous un faux nom. Une précaution en cas d'urgence. Gunnar finirait sûrement par la retrouver, mais cela lui prendrait un peu de temps.

Ragnar était mort. D'une banale crise cardiaque. Cela paraissait presque irréel, au vu du personnage qu'il avait été.

Plus rien ne l'obligeait à rester avec Gunnar.

Elle réserva une chambre dans un hôtel non loin de Piccadilly et s'écroula sur le lit. Cette fois, les larmes ruisselèrent sur ses joues, semblant ne jamais devoir se tarir. Elle était enfin libre de poursuivre ses rêves. Alors d'où lui venait cette sensation de suffoquer ? D'avoir perdu ce qui comptait le plus au monde pour elle ?

*Gunnar.*

Non. Elle refusait de croire qu'un homme capable de dire ce qu'il lui avait dit, de rejeter son propre enfant, puisse en être la cause.

— Je ne dois rien à personne, énonça-t-elle tout haut. Je suis libre d'aller où je veux et de faire ce que je veux.

Elle attendit que son esprit s'imprègne de cette réalité. Dans quelques minutes, elle se sentirait mieux.

Elle se trompait.

À son retour au petit matin, Gunnar fut assailli par une impression étrange. Quelque chose clochait. Mais il avait passé la nuit à travailler dans son bureau du centre-ville et tombait de fatigue. Il se mit au lit sans chercher plus loin.

Lorsqu'il se réveilla le lendemain, la sensation persista. Chaque jour, il rentrait bien après que Latika se fut couchée et partait le matin avant qu'elle se lève. Il n'y avait donc rien d'étonnant à ce que l'appartement fasse vide. Il fit un crochet par sa chambre. Les vêtements étaient rangés dans l'armoire. Les chaussures, soigneusement alignées dans leur espace dédié. Tout était normal.

Il rentra tard, ce soir-là. Latika n'était toujours pas là. Il appela Astrid.

— Sais-tu où est ma femme ? questionna-t-il, l'air de rien.

— Le devrais-je ? répondit sa sœur d'une voix inquiète.

— Si cette ordure de Ragnar…

— Ragnar est mort.

— Quoi ?

— Latika ne te l'a pas dit ?

— Non. Quand as-tu appris cela ? l'interrogea Gunnar.

— Avant-hier. Tu ne lui as pas parlé depuis ?

— Je… Je ne l'ai pas vue.

— Tu n'as pas vu ta femme depuis deux jours alors qu'elle est menacée, et cela ne t'alarme pas ? s'exclama Astrid d'un ton incrédule.

— Nous ne nous côtoyons pas beaucoup.

— J'ignore ce qui se passe entre vous…

— Rien, la coupa-t-il. Il ne se passe rien du tout entre nous.

— Mais vous êtes *mariés* !

— Tu sais bien que notre mariage n'est pas un mariage conventionnel, Astrid.

— As-tu essayé de l'appeler ?

— Pas encore. Je tente de ce pas.

Il raccrocha et composa le numéro de Latika. Elle répondit à la deuxième sonnerie.

— Où es-tu ? demanda-t-il tout de go.

— Nous n'avons plus besoin d'être ensemble, éluda-t-elle.

— Bon sang, de quoi parles-tu ?

— Ragnar est mort. Plus rien ne nous oblige à prolonger cette farce de mariage. C'est pour cette raison que je suis partie.

— Et ma réputation ?

— Elle n'en souffrira pas, promit Latika. Je veillerai à ce que la dissolution de notre mariage me soit imputée. C'est moi que l'on blâmera. Le fait que tu possèdes ta propre société a suscité des réactions unanimement positives. Tu verras, rien ne changera, même quand je ne serai plus là.

— Latika…

La communication coupa. Chacune de ses tentatives pour la rappeler se solda par un échec. Elle refusait de répondre. Et impossible de géolocaliser son portable. Sa recherche d'éventuelles cartes de crédit ne donna rien non plus. Toute trace permettant de remonter jusqu'à elle avait été effacée.

Puis deux semaines plus tard, sans crier gare, son nom surgit dans une base de données. Elle s'était rendue sous sa véritable identité dans un cabinet médical privé. Spécialisé en obstétrique.

Gunnar décrocha son téléphone.

— Nous partons pour Londres immédiatement.

# 11.

Latika ne savait si elle devait rire ou pleurer en rentrant à son hôtel. Peut-être les deux.

Elle attendait un enfant.

De Gunnar.

Une nouvelle qui aurait fait voler leur mariage en éclats. Ragnar avait bien choisi son moment pour décéder d'une crise cardiaque. Drôle de mort, d'ailleurs, pour quelqu'un qui n'avait pas de cœur…

Cette pensée l'amusa. Seigneur, elle devenait complètement folle ! De quoi avait-elle l'air, à rire toute seule dans sa suite vide ?

Cette grossesse bouleversait une fois de plus sa vie. Elle n'avait pas voulu prendre le risque d'être aperçue dans un hôpital public, ni en train d'acheter un test de grossesse en pharmacie. Par chance, elle avait assez d'argent de côté pour prendre rendez-vous dans un cabinet privé. Avec son foulard sur la tête et ses lunettes de soleil, elle s'était sentie ridicule. Mais le déguisement avait fonctionné. Aucun gros titre ne proclamait qu'elle se trouvait à Londres.

Elle savait ce qu'elle avait à faire et était résolue à aller jusqu'au bout. Quelques heures plus tard, son communiqué de presse était prêt. Il ne restait plus qu'à l'envoyer. Le contenu en était clair et concis. Son mariage avec Gunnar était une imposture. Elle était la méchante de l'histoire. Elle l'avait manipulé afin qu'il l'épouse, avant d'apprendre qu'elle était enceinte d'un de ses amants. C'était elle qui avait décidé la dissolution de leur mariage. Gunnar, déclarerait-elle, avait offert d'élever l'enfant comme le sien.

C'était pour le bébé qu'elle agissait ainsi autant que pour lui. Lorsqu'il la questionnerait sur sa naissance, elle voulait qu'il se sente désiré. Par ses deux parents. Même s'il ne devait jamais savoir que Gunnar était son vrai père. C'était triste, mais elle n'avait pas le choix. De cette manière, tout le monde serait protégé.

Elle sourit en posant une main sur son ventre. Elle avait un but, désormais. Ce n'était pas la liberté dont elle avait rêvé. C'était encore mieux que cela. Ce but-là la rendait mille fois plus heureuse.

Inspirant profondément, elle se pencha sur son ordinateur pour envoyer le communiqué de presse. Au même instant, la porte de sa suite s'ouvrit à la volée. Latika se redressa et tressaillit en le voyant.

Gunnar.

Son imposante carrure se découpait dans l'embrasure. Toute sa personne exsudait une aura de violence contenue. Gunnar avait le don de projeter une image de nonchalance décontractée. Mais elle avait toujours perçu le danger rôdant derrière cette façade trompeuse. Sa démarche, ses gestes étaient ceux d'un prédateur, toujours à l'affût, prêt à bondir sur sa proie en un clin d'œil.

Aujourd'hui, le prédateur sortait de sa tanière, ses intentions sans équivoque. Comment avait-elle pu le sous-estimer ? Gunnar n'était pas un bouclier, mais bien une menace. Et elle semblait l'avoir mis particulièrement hors de lui.

— On profite de ses vacances ?

— Jusqu'à ton arrivée, oui, répondit-elle, le menton levé.

Il entra dans la suite et ferma la porte derrière lui.

— Comment as-tu eu la clé ?

Pour toute réponse, il leva un sourcil blasé.

— Ragnar est mort, dit-elle très vite. Je n'ai plus de raison de me cacher à Bjornland. Ne t'inquiète pas, je ferai en sorte que…

— Tu es enceinte.

Elle se raidit d'instinct. Son cœur battait la chamade. Elle se faisait l'effet d'une gazelle prise pour cible par un lion en furie.

— Tu ne veux pas d'enfants, se défendit-elle.

— Tu aurais dû me prévenir.

— Pourquoi ? Tout est sous contrôle.

— Sous contrôle ? Comment oses-tu filer en douce avec mon héritier ?

Sa fureur était palpable, comme une présence qui la prenait à la gorge.

— J'ignorais que j'étais enceinte quand je suis partie, lâcha-t-elle tant bien que mal. J'ai simplement repris ma liberté. Cela n'a rien à voir avec toi. Et dois-je te rappeler ta position sur la question des enfants ? Tu as dit toi-même que tu ne voulais rien avoir à faire avec le bébé s'il y en avait un.

— Cela ne t'autorise pas à le priver de ses droits en l'élevant loin du palais.

— Quels droits ? s'écria Latika. Tu n'es pas roi. Tous les enfants d'Astrid te précéderont dans la ligne de succession. Nos propres enfants seraient loin derrière.

— Peu importe. Ce qui compte, c'est que mon enfant hérite des droits que lui confère sa naissance au sein de la famille royale.

— Tu ne veux pas de cet enfant ! Quant à moi, je refuse de lui transmettre un tel fardeau.

— Ce n'est pas à toi d'en décider, asséna Gunnar. Et notre accord ? Tu crois que tu peux t'en aller comme cela ? M'utiliser, puis te débarrasser de moi à la seconde où je ne te suis plus utile ?

— Si c'est ta précieuse réputation qui t'inquiète, sois tranquille. J'ai tout prévu.

Elle tourna l'ordinateur vers lui.

— J'ai rédigé un communiqué de presse que je n'ai plus qu'à envoyer. Je t'y absous de toute faute. Dans cette version, l'enfant est celui d'un de mes amants. Tu as proposé de lui donner ton nom, mais j'ai refusé. Ta réputation restera intacte, contrairement à la mienne. Tant pis si je suis lynchée. Je n'ai jamais couru après la notoriété. Tout ce que je voulais, c'était une chance de vivre ma vie selon mes propres termes, et je suis tout à fait prête à élever seule cet enfant.

Ce n'était pas un sacrifice de sa part. Pour retrouver sa liberté, elle avait besoin de couper les ponts avec Gunnar. Définitivement. Elle l'avait épousé afin de redorer son image tout en assurant sa propre sécurité. Or elle n'avait plus besoin de sa protection. S'offrir à l'opprobre permettrait à Gunnar d'échapper aux critiques. En respectant sa part du marché, elle ne lui devrait rien.

C'était un nouveau départ pour elle.

— Si je comprends bien, tu m'as utilisé comme donneur de sperme ? dit Gunnar d'un ton dangereusement calme.

Elle haussa le menton en signe de défi.

— Et pourquoi pas ? Astrid l'a bien fait aussi.

— Cela n'a pas vraiment fonctionné pour elle…

— Parce que Mauro a un cœur, lui, répliqua Latika. Il a traversé un continent pour revendiquer son fils !

— N'en ai-je pas fait autant ? Est-ce la preuve que tu attendais ? gronda Gunnar. Ai-je passé ton petit test pour avoir le droit d'être le père de mon propre enfant ?

— C'est toi qui l'as désavoué, et moi aussi par la même occasion ! s'emporta Latika en marchant sur lui. Suis-je censée confier mon bébé à un père qui ne veut pas de lui ? Ce serait agir de la même façon que ta mère. Et toi, en quoi serais-tu différent de ton père ? Il ne voulait pas d'Astrid et s'est comporté en monstre dans sa soif de se débarrasser d'elle. C'est cela que tu veux ? Que ton enfant grandisse dans un tel environnement ?

Gunnar se figea, et elle sut qu'elle était allée trop loin. Il l'avait pourtant prévenue : il n'était pas homme à se laisser manipuler.

Ses yeux bleus rivés sur elle telles deux flèches de glace, il couvrit la distance qui les séparait. Son large torse n'était plus qu'à quelques millimètres de sa poitrine, bloquant son champ de vision. Sans crier gare, il arracha son ordinateur de son cordon de batterie et le jeta violemment à terre avant de l'écraser d'un coup de talon.

Latika sursauta, terrifiée par la brutalité de la scène. Elle tremblait de la tête aux pieds.

— C'est *mon* enfant. Toi aussi, tu es à moi. Si tu tenais tant à voir les ténèbres qu'a implantées mon père en moi, tu as réussi ton coup. Mon peuple descend des Vikings. Tu sais ce que nous faisons quand nous convoitons quelque chose ? Nous nous l'approprions, par tous les moyens. Et toi, Latika, tu m'appartiens. Ne l'oublie jamais.

La seconde d'après, sa main s'enfonçait dans ses cheveux pour l'attirer de force à lui, juste avant que sa bouche s'écrase sur la sienne. Latika suffoquait. Elle ne pouvait plus respirer, plus réfléchir. Ses défenses tombaient les unes après les autres sous la violence de sa rage. Une voix impérieuse s'éleva dans sa tête.

*Capitule.*

Ce serait idiot de sa part. Elle ne pouvait pas se le permettre. Mais son guerrier viking n'accepterait pas d'autre réponse, et son propre corps la trahissait déjà.

Sans lui demander son avis, il la souleva de terre et la transporta dans la chambre.

# 12.

Gunnar bouillonnait de rage. Sa fureur était un fauve en cage prêt à en bondir à tout instant. Latika l'avait comparé à son père. Et elle n'avait pas tort. Pourtant…

Elle était là, dans ses bras. Pendue à son cou, elle l'embrassait avec ferveur. Et il ne pouvait rien contre ce feu liquide qu'elle instillait dans ses veines. Le désir pulsait dans chaque cellule de son corps, rendant toute lutte impossible. C'était dans sa chair et dans son sang. Il ne pouvait que se rendre.

Il la referait sienne, puisque c'était inévitable.

Les fenêtres de la chambre donnaient sur le néon de l'enseigne et le chaos de la ville au-delà. Une explosion de bruit bien loin de l'élégante sérénité de Latika. Sa robe noire toute simple tombait au genou et épousait sa silhouette voluptueuse. Une tenue sage, mais qui avait suffi à attiser en lui un incendie dévastateur que Latika seule pouvait désormais éteindre.

Il la poussa contre la fenêtre de manière à ce qu'elle regarde dehors.

— Tu sais très bien comment je suis entré, lui dit-il. On m'a donné une clé parce que tu m'appartiens, et le monde entier le sait. Personne ici ne lèverait le petit doigt pour s'interposer entre nous. Tu es à moi, Latika.

Il tira sur la fermeture et laissa la robe tomber autour de ses chevilles. Elle portait des sous-vêtements de dentelle noirs, particulièrement affriolants, qui moulaient l'arrondi ferme de ses fesses. Sa main plongea sous l'élastique et se referma sur la chair tendre, avant de se faufiler entre les cuisses galbées, attirée par la moiteur brûlante en leur centre.

— Tu as envie de moi, susurra-t-il. Même après t'être enfuie, tu me désires toujours.

— C'est une faiblesse commune de désirer ce qu'on méprise, se défendit Latika.

— Et si nos corps savaient mieux que nous ce que nous voulons réellement ?

— Mon cœur ne veut rien avoir à faire avec toi.

— Et pourtant…

Il se pencha vers son oreille tout en continuant à la toucher.

— Repousse-moi. Si tu ne me désires pas, dis-moi non.

— Ordure, siffla-t-elle.

— Mes caresses te dégoûtent ?

Il accentua la pression à l'endroit qu'il savait être le plus sensible. La jeune femme gémit et roula des hanches.

— Oui, je vois bien à quel point je te dégoûte. Tellement que tu te pâmes de plaisir…

— Laisse-moi partir, implora-t-elle. Tu ne veux pas de moi, ni du bébé.

— Ne parle pas comme si tu savais ce que je veux, gronda-t-il en ponctuant chaque mot d'une nouvelle caresse. Et toi, Latika, que veux-tu ? Dis-moi d'arrêter si c'est ce que tu souhaites.

Elle resta silencieuse, tremblante de colère, mais aussi de désir, il le savait.

— Que se passe-t-il ? As-tu peur que je disparaisse pour de bon si tu me pousses à bout ? Tu prétends me haïr, mais tu aimes être une princesse, n'est-ce pas ? Tu aimes ce que je fais à ton corps…

— Je me fiche d'être une princesse !

— Mais le plaisir… Tu aimes cela, pas vrai ? Est-ce humiliant de découvrir que tu es autant gouvernée par tes instincts physiques que n'importe qui d'autre ? Après tant d'années d'abstinence, il suffit que je te touche pour que tu perdes tous tes repères…

— Tu comptes rester planté là toute la nuit avec ta main entre mes cuisses ?

Gunnar émit un petit rire.

— Au temps pour moi. Tu attendais que je passe à l'action ?

Il la retourna et dégrafa son soutien-gorge, qui vola à travers la pièce. Puis il fit glisser sa petite culotte le long de ses jambes. Lentement, il se redressa, pressant un baiser sur sa cheville, son mollet, sa cuisse, avant de se relever complètement.

— Dernière chance, Latika. Dis-moi d'arrêter.

Les yeux de la jeune femme lançaient des éclairs.

— Va au diable.

— Je prends cela pour un oui enthousiaste.

Il la plaqua contre lui sans ménagement. C'était grisant de sentir son corps nu entre ses mains tandis qu'il restait entièrement habillé. Il prit sa bouche avec brutalité, insufflant toute sa rage et son indignation en elle. Dans son âme. Dans sa chair. Elle voyait en lui un monstre ? Alors c'est ce qu'elle aurait – un monstre.

Prestement, il se déshabilla à son tour et la transporta sur le lit, où il la positionna à genoux. Elle offrait un spectacle aguichant avec ses seins lourds, sa taille de guêpe, ses cuisses joliment dessinées. Il se caressa une fois, deux fois, les yeux rivés sur elle.

— Voilà qui est mieux, énonça-t-il. À genoux devant ton prince. Enfin un peu de déférence. Et si tu m'en montrais avec ta bouche, maintenant ?

Elle leva les yeux vers lui. Excitation et ressentiment se mêlaient dans ses prunelles sombres. Un puissant aphrodisiaque. Il approcha de ses lèvres l'extrémité de son sexe et vit l'instant où elle succomba à son propre désir. Sa langue sur sa chair gorgée de sève envoya une décharge électrique à travers son être. Puis elle ouvrit la bouche et le prit en elle le plus loin possible.

Il lui agrippa les cheveux afin de la guider tandis qu'elle l'emmenait lentement mais sûrement au septième ciel. Leur petit jeu était déjà oublié. Sa colère se dissolvait dans l'intense plaisir sur le point de l'engloutir. Comment avait-il pu se croire en position de pouvoir ? C'était elle qui tenait la partie la plus vulnérable de son anatomie entre ses mains. Entre ses lèvres. Avec une étourdissante maestria, elle le rendait esclave des sensations qu'elle lui prodiguait.

Et c'était lui qui succombait.

Vivement, il se dégagea et la fit pivoter afin qu'elle lui tourne le dos, toujours à quatre pattes. Il la pénétra d'un coup, en lui maintenant fermement les hanches. Seigneur, c'était si bon d'être en elle ! Elle lui lança un regard par-dessus son épaule entre ses longues mèches d'ébène, une expression extatique sur le visage.

À la seconde où il commença à bouger, il s'oublia complètement. Aspiré par son propre tempo, sensuel et régulier. S'il espérait asseoir son ascendant sur Latika, il se trompait. Dans cette position suprêmement érotique, elle lui faisait perdre tout contrôle. Il n'existait personne d'autre comme elle. Personne d'autre qui lui fasse cet effet-là. Le plaisir le transperçait comme autant de flèches. C'est tout juste s'il respirait encore. Les poumons, le cœur… Il était touché de toutes parts.

Il glissa une main entre ses cuisses et la caressa jusqu'à ce que ses muscles intimes se resserrent autour de lui, en même temps qu'un cri rauque jaillissait de ses lèvres. Alors seulement il céda au plaisir qui le dévorait de l'intérieur. Dans un ultime soubresaut, il se déversa tout entier en elle, niché au creux de sa chair.

Après un moment, il s'écroula sur le dos à ses côtés. Il se faisait l'impression d'un guerrier laissé pour mort au milieu du champ de bataille. Latika, étendue sur le ventre, la tête tournée vers lui, le scrutait avec attention.

— Fais tes valises, intima-t-il. Tu rentres à Bjornland avec moi.

Un Viking et un conquérant. Voilà l'homme qu'il était vraiment. Alors pourquoi, au moment de quitter l'hôtel, Latika silencieuse derrière lui, se sentait-il plus vaincu que victorieux ?

Latika peinait à absorber les événements de ces dernières heures. De retour à Bjornland, elle en avait encore le vertige. Gunnar avait décrété avec autorité qu'ils logeraient quelque temps au palais et fait déposer leurs affaires dans la même chambre. Les choses seraient différentes, dorénavant. Mais pas forcément pour le mieux. La façon dont il avait démoli son ordinateur, puis repris possession de son corps rejouait en boucle dans sa tête. Il avait laissé en elle une marque indélébile, comme une brûlure au fer rouge qui continuait à la lanciner des heures après.

Impossible de prétendre qu'elle n'était pas pleinement consentante. Ou qu'aucune part d'elle ne se réjouissait qu'il soit venu la chercher. Il avait traversé les frontières pour exiger qu'elle revienne. Comme Mauro l'avait fait avec Astrid quand elle était enceinte de lui.

Non. Pas exactement. Gunnar ne revendiquait leur enfant que par sens du devoir. Pas par amour.

Quoi qu'il en soit, elle était là. Il lui avait donné plusieurs chances de le repousser, et elle ne l'avait pas fait. Peut-être regrettait-elle sa faiblesse à présent, mais la décision avait été la sienne. Étrange, en y repensant. Il lui avait offert le choix, et elle l'avait choisi, lui.

— Tu es rentrée.

Astrid pénétra d'une démarche décidée dans les appartements de Gunnar.

— Oui, dit Latika.

— Pourquoi es-tu partie ?

— Parce que Ragnar est mort. Je n'avais plus besoin de rester.

— Mais tu es revenue, souligna Astrid.

Latika savait qu'elle ne pouvait rien cacher à Astrid. D'ailleurs, à quoi bon ? Son amie finirait bien par apprendre la vérité. Si seulement elle pouvait s'épargner l'humiliation d'avouer qu'elle et Gunnar étaient désormais amants… Astrid avait vu juste depuis le début. Mais elle se sentait déjà assez vulnérable sans avoir à admettre tout haut qu'elle s'était aveuglée sur ses propres désirs.

— Gunnar ne jugeait pas le moment opportun pour dissoudre notre mariage, répondit-elle.

— Vraiment ?

Astrid ne semblait nullement surprise.

— Pour quelle raison ?

— Peut-être parce que je suis enceinte, révéla Latika à brûle-pourpoint.

Cette fois, elle avait réussi à déstabiliser son amie. Astrid en resta brièvement sans voix.

— Le savais-tu quand tu es partie ? demanda-t-elle après avoir retrouvé ses esprits.

— Non, se défendit Latika.

Non que le savoir lui eût fait changer d'avis. Pas après ce que Gunnar lui avait dit.

— Je croyais que mon frère ne voulait pas d'enfants, remarqua Astrid.

— C'est le cas. Il est furieux contre moi. Comme si lui, de son côté, avait pensé à se protéger…

Son amie fit la grimace. Puis son expression s'adoucit.

— J'ai souvenir d'un certain Italien très en colère lui aussi, drapé dans sa conviction qu'il n'avait aucune responsabilité dans le fait de ne pas avoir utilisé de préservatif.

— Les hommes sont vraiment impossibles !

— N'est-ce pas ? Donc vous êtes toujours mariés ? questionna Astrid, revenant au sujet.

— Pour l'instant.

Latika exhala un soupir.

— Il n'est pas amoureux de moi.

— Et toi, es-tu amoureuse de lui ?

Elle réfléchit un moment. Un long moment. Ses confidences sur sa relation avec son père avaient éveillé certains sentiments en elle. Mais il y avait aussi sa position vis-à-vis de leur enfant et son comportement en général… Difficile de s'y retrouver dans ces signaux contradictoires. Comment démêler le vrai du faux ? Et ce qu'elle ressentait vraiment à son égard ?

— Il ne veut pas du bébé, mais il ne veut pas non plus qu'on l'en sépare, résuma-t-elle. Je suis perdue… Comment pourrais-je aimer un homme incapable d'aimer son enfant ?

Astrid hocha la tête d'un air grave.

— Donne-lui du temps. Et une chance de changer.

— Certains hommes ne changent jamais, argua-t-elle en songeant à leur père.

— C'est vrai…

— Et si Gunnar en fait partie ?

— Alors je serai la première à tout faire pour que tu retrouves ta liberté, déclara Astrid. Mais je crois sincèrement que vous devriez régler cela entre vous.

Difficile de la contredire. Peut-être avait-elle épousé Gunnar par nécessité, mais personne ne l'avait forcée à coucher avec lui. Deux fois. Elle était responsable de ses actes. À elle de les assumer.

Aucune femme ne rendait Gunnar nerveux. Il faisait de l'effet à la gent féminine et le savait. Il appréciait ce genre d'attention. Mais avec Latika il avançait en terrain miné, sans le moindre repère pour se guider, et il détestait cela.

— Tu as passé une bonne journée ? s'enquit-il.

— Oui, répondit-elle laconiquement.

— Qu'as-tu fait ?

— J'ai bavardé avec Astrid.

— Et ?

— Et nous avons passé un bon moment. Comme toujours quand nous sommes ensemble.

— Tant mieux.

Latika ne lui posa aucune question sur sa journée. Elle commença à fouiller dans les tiroirs de la large armoire sculptée en l'ignorant ostensiblement.

— Que cherches-tu, Latika ?

— Un pyjama.

— Tu n'en as pas besoin.

Elle le fixa d'un air incrédule.

— Tu penses vraiment que je vais recoucher avec toi ?

Gunnar fronça les sourcils. Qu'était-il censé penser d'autre ? Elle avait accueilli son initiative à bras ouverts le matin même. *Le matin même.* Cela ne remontait-il vraiment qu'à quelques heures ? Il lui semblait qu'une éternité s'était écoulée.

— Ce n'est pas un secret que tu me désires…

— Ce n'est pas un secret que tu rejettes notre enfant, rétorqua-t-elle. C'est pour cela que je suis partie. Même sans savoir que j'étais enceinte, je ne supportais pas l'idée d'être mariée à un homme qui pense de cette façon.

— C'est différent maintenant que c'est la réalité.

Et, contre toute attente, il le pensait.

— Différent comment ?

— J'ai une obligation envers cet enfant. Elle est enracinée en moi, et je compte bien l'assumer.

— Un enfant ne devrait pas être une obligation. Encore moins un moyen pour un père d'imposer sa volonté à travers sa descendance. Un enfant doit être aimé, Gunnar.

— Je sais ce qu'est la loyauté, répondit Gunnar. Je ne suis pas sûr de savoir ce qu'est l'amour.

L'expression de Latika lui fit prendre conscience de l'impact de ses mots. De ce qu'ils renfermaient de choquant et d'inconcevable. Il avait toujours su que quelque chose clochait chez lui. Ce genre d'émotion le dépassait. Relégué dans un cachot obscur, il avait appris à s'endurcir pour survivre. Mais il en payait aujourd'hui le prix. L'armure dont il s'était blindé avait étouffé en lui une flamme qui brillait à l'intérieur des autres. À moins qu'elle n'ait jamais été là en premier lieu ?

— Et Astrid ? demanda Latika.

— C'est toi qui m'as accusé de ne pas me soucier d'elle, rappela-t-il. Et maintenant, tu en fais un exemple d'amour fraternel ?

— Non, je… Je suis désolée. Je n'aurais jamais dû insinuer une chose pareille. Bien sûr que tu aimes ta sœur.

— Je n'en suis pas si sûr. Astrid est ma sœur jumelle. Nous sommes liés, presque comme si nous ne faisions qu'un. Elle est aussi le chef de la nation et moi, son bouclier. C'est différent de l'amour.

— Que penses-tu que l'amour soit ? l'interrogea Latika avec douceur.

Gunnar vivait avec la certitude profonde de savoir qui il était, sûr de lui et de sa place dans l'univers. Pourtant, il eut beau fouiller dans les coins les plus reculés de son âme, il ne trouva aucune réponse à cette question.

— Je ne sais pas, admit-il.

— C'est peut-être la façon dont tu as protégé ta sœur à tes dépens, tu ne crois pas ?

— Non.

— Tu ne penses pas que l'amour soit un sacrifice ?

— Si c'est le cas, alors l'amour est encore plus cruel que la haine.

Il vit la jeune femme déglutir.

— Comptes-tu t'investir dans la vie de notre enfant ?

— Non, asséna-t-il d'un ton catégorique qui lui répugna lui-même.

— Je ne comprends pas, Gunnar. Pourquoi m'avoir fait revenir si tu n'as rien à m'offrir ?

Elle fronça les sourcils, comme si elle venait tout juste de prendre conscience de quelque chose.

— Comment avais-tu su que j'étais enceinte ?

— J'ai traqué ton nom dans une base de données qui te reliait à ce cabinet privé, répondit-il. J'ai deviné ce qui t'amenait là-bas.

— Tu es venu me chercher en sachant que j'attendais un enfant. Et tu refuses toujours d'admettre que tu aimerais faire partie de sa vie ?

— Je ne sais pas, Latika. J'ignore ce qui me pousse à agir comme je le fais. C'est bien cela le problème. J'ai toujours su rester ferme dans mes convictions. C'est pour elles que je me suis révolté contre mon père. Je ne peux pas tout remettre en question du jour au lendemain. Mais le fait est que, malgré ma répugnance à devenir père à mon tour, je vais avoir un enfant. Et je sais du plus profond de mes tripes que jamais je ne l'abandonnerai.

Chaque mot qu'il prononçait lui brûlait la langue tel un acide.

— Je ne sais pas comment aimer, ni même être quelqu'un de bien, continua-t-il. Mais je sais protéger mes proches. Astrid et moi n'avons jamais connu cela. Pas avec notre père. C'est ce que je vous offre, à toi et au bébé. Ma protection. Je ne suis pas sûr d'avoir plus à donner. J'aimerais que notre enfant sache qu'il est aimé, mais cela… je ne sais pas faire. Alors je compte sur toi, Latika, pour combler mes lacunes dans ce domaine.

Latika le dévisageait. La pitié dans son regard était plus qu'il ne pouvait supporter.

— Gunnar…

— Pardonne-moi, la coupa-t-il. Pour ce que je t'ai dit. J'étais en colère et terrifié, même s'il m'en coûte de l'admettre. Je n'ai jamais eu peur malgré ce que mon père m'a fait subir. Mais, maintenant que je me retrouve dans sa position, je redoute de devenir comme lui. C'est pour cela que je me suis toujours refusé à reproduire ce qui avait fait de lui un monstre.

— Tu penses que c'est ta faute ? murmura Latika.

— Si je n'étais pas né, il n'aurait eu d'autre choix

que d'accepter Astrid. Il a vu en moi une promesse de pouvoir, et le pouvoir corrompt.

— Mais tu as prouvé que tu étais incorruptible, rappela la jeune femme.

— Je n'en suis pas si sûr. Pourquoi serais-je forcément meilleur que mon père ?

— Parce que tu choisis de l'être ?

La confiance de Latika l'étonna. Il ne comprenait pas.

— T'arrive-t-il de t'inquiéter ? demanda-t-il. Après ce que tes parents t'ont fait, ne crains-tu pas que quelque chose en toi soit brisé ?

Elle paraissait si sereine. Cela le dépassait. Comment faisait-elle pour ne pas avoir peur ? Peur de l'avenir ? Peur pour l'enfant qu'elle portait ?

— Non, dit-elle. Mes parents vivaient dans la peur de l'opinion des autres, obnubilés par le pouvoir et le prestige. Je détestais cette vie-là. Ils voulaient toujours plus, et c'est moi qui en payais le prix. J'ai retenu la leçon. Une telle mentalité ne me rendra jamais heureuse. Je sais trop le mal que je ferais en agissant comme eux. Bien sûr, il me reste beaucoup à apprendre. Moi aussi, je commettrai des erreurs. Ma priorité immédiate est d'être la meilleure mère possible pour mon enfant, et cela commence par ne pas ressembler à la mienne.

Elle secoua tristement la tête.

— J'ai été élevée par des nourrices et des professeurs particuliers. La seule contribution de mes parents a été de m'accabler de reproches quand je n'étais pas à la hauteur de leurs attentes. C'est-à-dire presque tout le temps. Ils ont fait de ma vie un calvaire. Non, je ne crains pas de devenir comme eux. Et je doute que tu suives les pas de ton père, Gunnar.

— Mais nous n'avons aucun exemple pour nous guider, protesta-t-il.

— Quelle importance ? Cet enfant sera différent de toi et moi. Une personne à part entière, avec sa propre identité. Nous ne pourrions pas tout prévoir, même si nous avions eu des parents formidables.

— Tu ne veux pas de nourrices ?

— Oh ! nous aurons recours à leurs services de temps en temps. Mais nous élèverons nous-mêmes notre enfant. Par choix, pas par obligation.

— Et si je suis un mauvais père ? N'est-ce pas préférable que je ne m'implique pas ?

— Nous en reparlerons le moment venu, dit Latika.

Il apprécia sa franchise, plus précieuse à ses yeux qu'une platitude telle que « tout ira bien ». Elle n'avait aucun moyen de le savoir. L'incertitude de leur avenir le tourmentait sans répit. Il détestait cette sensation.

Depuis qu'il avait fait l'amour à Latika sans préservatif, il se voyait aspiré malgré lui dans une spirale échappant à tout contrôle. Or, avoir le contrôle constituait le fondement de sa personne, et ce depuis son enfance, quand il avait dû résister aux sévices de son père. Cette force ne le quittait jamais, fiable et rassurante. Il ignorait d'où elle lui venait. Peut-être de son lien avec sa sœur. Astrid, elle, avait partagé une relation privilégiée avec leur mère, qui se désintéressait totalement de Gunnar. Il se félicitait qu'elle ait eu au moins cela.

— Nous ferons face ensemble, décréta Latika. Et, si quelque chose ne va pas, nous nous remettrons en question. Rien n'est gravé dans la pierre. On peut toujours changer et décider de qui on veut être. Toute ma vie, j'ai rêvé de choisir mon propre chemin. C'est l'occasion de le faire, pour toi comme pour moi. Ne laissons pas le passé nous en empêcher.

Gunnar avait assez parlé. En quelques enjambées, il rejoignit Latika et l'entraîna vers le lit. Il n'avait qu'une envie, oublier. Le futur incertain qui l'attendait. Toutes ces choses qu'il n'avait pas prévues, dont il avait toujours cru ne pas vouloir. Sa seule certitude était qu'il désirait Latika, avec une férocité frôlant l'insanité. Oui, de cela, il était sûr.

Il la déshabilla et passa le reste de la nuit à lui prouver qu'en dépit de ses doutes il restait un domaine dans lequel il avait pleinement confiance en lui. Pour l'instant, cela lui suffisait. Demain était un autre jour.

# 13.

Les semaines suivantes s'écoulèrent paisiblement. Latika se sentait enfin à l'aise avec Gunnar, comme jamais auparavant. Ils passaient leurs journées dans une atmosphère décontractée. Bien que très pris par son travail, Gunnar l'incluait souvent dans des discussions concernant ses nouveaux projets, pour le plus grand plaisir de Latika.

Cela la distrayait des nausées matinales. Jamais elle n'aurait imaginé être aussi épuisée. Elle, d'ordinaire si matinale, ne se levait jamais avant 10 heures. Quant à son petit déjeuner, il se réduisait à une tisane accompagnée de toasts nature et de bonbons au gingembre confit. Elle était reconnaissante à Gunnar de les avoir installés au palais à leur retour de Londres. Cet arrangement lui permettait de voir Astrid plus souvent. La disponibilité du personnel était également appréciable dans son état.

Physiquement, elle n'était pas au meilleur de sa forme. Mais, côté émotionnel, tout allait pour le mieux. Depuis une heure, elle profitait du soleil qui avait fait une pâle apparition, allongée sur un transat sur la terrasse. C'est là que Gunnar la trouva.

— Comment te sens-tu ? demanda-t-il.

Elle sourit, inondée par une douce chaleur. Gunnar lui avait avoué, quelques semaines plus tôt, ignorer ce qu'était l'amour. Pour sa part, elle s'en faisait une idée de plus en plus claire. Il lui suffisait de le regarder ou juste de penser à lui.

— Je venais te prévenir que je partais pour San Diego ce soir.

Latika se redressa d'un bond.

— Pour quelle raison ?

— Je suis sur un nouveau projet, mais le planning pose problème. Je dois aller superviser les choses en personne.

— Je t'accompagne, dit-elle.

— Inutile.

— Pourquoi ?

— Tu ne te sens pas bien. Tu seras mieux au palais où tout le monde est aux petits soins pour toi. Et puis, Astrid est là aussi.

— Tu crois que je préfère sa compagnie à la tienne ?

— C'est ta meilleure amie, non ?

— Et tu es mon mari, pointa Latika.

— Notre mariage n'est pas un mariage ordinaire, rappela Gunnar.

La désinvolture avec laquelle il avait prononcé ces mots blessa Latika. C'était injuste, elle le savait. Il avait raison. S'ils étaient mariés, c'était uniquement parce qu'elle s'était jetée à son cou en public, ne lui laissant d'autre choix que de faire d'elle sa femme.

Ces dernières semaines, pourtant, leur mariage avait pris une tournure différente. Ils partageaient le même lit, échangeaient, apprenaient à se connaître. Gunnar s'imposait de plus en plus comme une pièce centrale de sa vie. Avec lui, elle avait trouvé quelque chose qui lui avait toujours manqué jusque-là. Il l'acceptait telle qu'elle était. Mieux, il semblait réellement l'apprécier. Il lui parlait de ses affaires et la complimentait sur ses retours pertinents. C'était son intelligence, autant que son physique, qui lui plaisait.

Parfois, il se fâchait aussi contre elle. Cela la rassurait. C'était la preuve qu'il voulait toujours d'elle malgré leurs désaccords. Leur relation n'avait pas besoin d'être parfaite pour qu'il l'embrasse et lui fasse l'amour des heures durant. Toutes les personnes ayant fait partie de sa vie avaient cherché à la modeler selon leurs attentes égoïstes. Excepté Astrid.

En Gunnar, elle avait trouvé un homme pour qui elle comptait de la même façon. Ne comprenait-il pas à quel point c'était précieux pour elle ?

— Notre mariage n'est peut-être pas conventionnel, mais il est important, dit-elle avec douceur. Je suis heureuse quand je suis avec toi. Laisse-moi t'accompagner.

Il la dévisagea un moment, l'expression indéchiffrable.

— Je préfère que tu restes ici, répliqua-t-il.

— Je ne comprends pas. Qu'est-ce qui te dérange ?

C'était absurde. Les voilà qui se chamaillaient pour une broutille. S'il ne voulait pas qu'elle vienne à San Diego, le mieux était de l'accepter. Tant pis si cela lui faisait de la peine. C'est vrai, elle aurait aimé qu'il recherche sa compagnie autant qu'elle recherchait la sienne. Mais si ce n'était pas le cas… Autant rester au palais. L'accompagner serait une victoire amère.

Non, pire. Ce serait une défaite. Et elle était mauvaise perdante. Mais, plus que tout, elle avait besoin de comprendre. Pourquoi évitait-il de passer du temps avec elle ? Peut-être avait-il simplement besoin d'espace, raisonna-t-elle. Voir sa compagnie appréciée à sa juste valeur était nouveau pour elle. Pas pour lui. Quoique cette explication ne la convainquît qu'à moitié. Elle connaissait son passé avec son père. Son instinct lui soufflait que cette situation ne lui était guère plus familière qu'à elle.

— Si tu tiens à y aller seul, soit. Mais que suis-je censée en déduire ? Que tu me caches quelque chose ? questionna-t-elle en détachant chaque syllabe.

Elle ne croyait pas réellement qu'il projette de la tromper. Ce qui était étrange, au fond. Jamais il ne lui avait juré fidélité. Leurs vœux de mariage ne comptaient pas puisqu'ils n'envisageaient pas, alors, de coucher ensemble.

La voix de Gunnar se fit glaciale.

— N'essaye pas de me manipuler, Latika. J'ai eu ma

dose avec mon père. Tu cherches à me donner mauvaise conscience en mettant en doute ma moralité. Dommage pour toi, cela ne fonctionne pas.

— Tu te trompes ! protesta-t-elle, horrifiée qu'il la croie capable d'une telle ruse.

Mais, en y regardant de plus près, elle ne discernait aucune sincérité dans ses yeux. Il ne croyait pas du tout qu'elle le manipulait. C'était donc lui qui déformait à dessein ses propos.

— Que se passe-t-il, Gunnar ? Tu agis bizarrement. Nous nous sommes rapprochés, ces dernières semaines…

— Nous couchons ensemble, rectifia-t-il d'un ton cassant.

— C'est plus que cela. Tu as juré de me protéger.

— Te laisser au palais avec Astrid et une armée de gardes n'est pas faillir à ma promesse.

Il marquait un point.

— Alors peut-être est-ce moi qui attends plus, dit Latika. J'ai toujours été entourée de gens qui ne songeaient qu'à m'utiliser. Avec toi, c'est différent.

— En quoi ? objecta-t-il. Tu avais besoin de ma protection et moi, d'une meilleure image. Nous nous utilisons l'un l'autre.

Soudain, Latika sut qu'elle ne pouvait pas continuer ainsi. Longtemps, elle avait été en quête de liberté. De cette vie qui aurait dû être la sienne si les choses avaient tourné autrement. Seulement voilà, on ne changeait pas le passé. Et ce passé faisait partie intégrante de son identité. Sans ces années avec ses parents, puis celles passées à Bjornland, elle ne serait pas la femme qu'elle était aujourd'hui.

Une femme qui aimait son mari.

Elle devait le lui dire avant qu'il parte.

— Non, réfuta-t-elle. C'était peut-être vrai au début, mais plus maintenant. Pas pour moi. Je suis tombée amoureuse de toi.

Il recula comme sous l'effet d'une gifle.

— Non. Tu ne peux pas m'aimer, lâcha-t-il d'une voix d'acier.

— Gunnar, j'ai beaucoup réfléchi à tout cela. À ce qu'était l'amour. Tu as dit que tu l'ignorais… Mais tu en es la meilleure incarnation que je connaisse. Tu as protégé ta sœur au détriment de ta propre sécurité. Tu m'as protégée, moi, contre Ragnar, sans que rien ne t'y oblige. Tu aurais pu me faire jeter dehors en me traitant de folle. Quand tu as su pour le bébé, tu m'as poursuivie jusqu'à Londres malgré ta peur d'être un mauvais père…

— Ces actions ne prouvent rien. As-tu oublié ce que je t'ai dit, la première fois où nous avons fait l'amour ?

— Non, je n'ai pas oublié. Tes propos m'ont profondément blessée. Mais depuis, tu as cherché à te rattraper en prenant les mesures qui s'imposaient.

— Certaines choses ne s'effacent pas, murmura Gunnar.

— Mais elles peuvent être pardonnées.

— Ce n'est pas si simple.

— Ces dernières semaines m'ont donné la preuve que tu avais prononcé ces mots sous le coup de la colère, insista-t-elle. Une colère née d'une peur légitime. Tu avais des projets d'avenir, et avoir un enfant n'en faisait pas partie. Pourtant, tu es venu me chercher. Au fil des jours, tu m'as fait prendre conscience de la vie que je désirais vraiment.

— Une cage reste une cage, Latika. Et c'est moi qui t'y ai enfermée.

— Pardon ?

— Tu as appris à tirer le meilleur parti de situations subies, continua Gunnar. Tu es devenue l'assistante d'Astrid à Bjornland uniquement parce que la solution alternative t'était odieuse. C'est pareil pour notre mariage. Maintenant que tu es enceinte, tu vois les avantages à ce que nous restions mariés. Cela ne signifie pas que c'est ce que tu aurais choisi. Le monde est vaste et plein de possibilités. Entre deux options, tu as choisi celle qui te sauvait d'une vie de tourments. Quand je suis venu te chercher à Londres, je ne t'en ai laissé aucune.

— Tu ne m'as pas menacée, contra Latika. J'ai eu plusieurs occasions de dire non.

— Mais je l'aurais fait si tu t'étais opposée à moi. Mon sang coule dans les veines de cet enfant. Jamais je ne t'aurais laissée disparaître dans la nature avec lui. Inconsciemment, tu le savais.

— C'est faux. Je ne t'ai pas suivi sous la contrainte. La seule fois où j'ai agi contre mon gré, c'est quand je t'ai quitté. Je voulais rester avec toi. Tes mots m'ont fait mal, car j'espérais que tu sois différent de ce que tu montrais. Que tu sois cet homme que j'avais entrevu sous la surface. C'est cet homme-là dont je suis tombée amoureuse ces dernières semaines. Je pourrais avoir le monde à mes pieds, c'est toujours toi que je choisirais.

— Tu n'en sais rien. Tu n'as jamais été assez libre pour en être sûre.

— N'est-ce pas vrai pour tout le monde ? répliqua Latika. Toi, tu t'es marié pour ton image. Qui choisit son partenaire sans que rien dans sa vie ne l'influence ? Personne. Si les circonstances font que mes sentiments ne comptent pas, alors selon cette logique aucune relation n'est valide. Les gens trouvent l'amour, Gunnar. Parfois là où ils ne l'attendaient pas. Parfois dans l'adversité. Cela arrive tous les jours. Est-ce l'action du destin ? Le besoin inconscient de trouver son âme sœur ? Je l'ignore. Mais je crois que l'amour nous tombe dessus. Et il m'est tombé dessus ici, avec toi.

— Je ne crois pas en l'amour, lâcha Gunnar, le visage fermé. Encore moins vu la façon dont les choses se sont passées entre nous. Le destin n'a rien à voir là-dedans. Notre situation est le résultat d'une série de choix dictés par la menace et la nécessité. Aucun n'est une décision libre de ta part.

— Comme je viens de le dire…

— Tu te persuades du contraire pour te rassurer, la

coupa-t-il. Parce que te voilà mariée et enceinte de moi, sans avoir jamais connu d'autres hommes. Sans avoir eu la chance de tomber librement amoureuse. C'est trop triste à accepter. Alors le geôlier inoffensif que je suis devient soudain très attirant à côté de celui aux tendances sadiques.

Latika prit une grande inspiration. Il ne gagnerait pas. Elle ne le laisserait pas dévaloriser ses sentiments.

— Toute ma vie, on a prétendu savoir à ma place ce qui était bon pour moi. Toi aussi, Gunnar ? Tu m'as fait confiance en me laissant sélectionner tes prétendantes. Tu m'as fait visiter ta société et consultée sur des questions d'affaires. Et tu me traites maintenant en ignorante qui ne sait rien à rien ?

Gunnar poussa un soupir.

— Très bien, tu m'aimes. Crois ce que tu veux. Mais sache que tes sentiments ne sont pas réciproques et ne le seront jamais. S'ils sont une sorte de récompense, tu me connais mal. L'amour ne signifie rien pour moi.

— Comment peux-tu dire cela ? Et Astrid ? Et ta mère…

Il l'interrompit d'un ton acerbe.

— Ma mère savait ce que mon père me faisait subir et n'a rien fait pour l'arrêter. Bel exemple d'amour maternel, n'est-ce pas ? Elle se moquait bien de moi. Je n'étais pas l'enfant qui l'intéressait. Ne cherche pas des preuves d'amour là où il n'y en a jamais eu.

Le cœur de Latika se fendit dans sa poitrine.

— Ta mère était au courant ? balbutia-t-elle, sous le choc.

— Pourquoi crois-tu que j'aie toujours catégoriquement refusé d'avoir des enfants ? Ma famille est sinistre, Latika. Je t'ai déjà offert tout ce que j'avais à offrir.

— C'est faux. Tu as tellement plus à donner, j'en suis convaincue !

— Parce que tu as besoin de t'accrocher à cet espoir pour ne pas te sentir prise au piège, affirma Gunnar. Mais le fait est que nous le sommes tous les deux. Pourquoi te mentir à toi-même, et à moi aussi par la même occasion ? Tu es quelqu'un de bien. C'est admirable que tu sois capable de tels sentiments après ce que tu as traversé. Je ne suis pas comme toi.

— Gunnar…

— Assez. Je pars seul à San Diego. Je m'y comporterai comme si je n'étais pas marié. Les gens seront outrés et ne t'en voudront pas si tu me quittes. Car c'est ce que tu feras, Latika.

— Et ta réputation ?

— Je m'en moque.

— Je croyais que tu faisais cela pour Astrid ?

— Astrid est forte. Elle saura surmonter les obstacles sur sa route.

Un sourire triste passa sur ses lèvres.

— Au fond, peut-être n'a-t-elle jamais eu besoin de moi. Elle a toujours été forte et bénéficiait de la protection de notre mère. Je me disais que j'étais un bouclier pour sa précieuse fille. En réalité, elle ne voyait en moi qu'un exutoire commode à la colère du roi. Cela l'arrangeait bien qu'il s'acharne contre moi. Le sacrifice en valait la peine.

— Et cela te convient de continuer à te sacrifier ?

— Ce serait le cas si je renonçais à quelque chose auquel je tiens. Mais je n'ai jamais voulu de cette vie. Où est le sacrifice ?

Latika n'avait pas la réponse à cette question. Tout ce qu'elle savait, c'était qu'elle et Gunnar partageaient un lien spécial. Elle le ressentait dans son cœur. Mais lui la contredisait sans ciller. Aucune émotion ne transparaissait dans ses yeux bleus. Et s'il avait raison ? Peut-être n'éprouvait-il rien du tout à son égard. Ces sentiments qu'elle percevait entre eux, peut-être n'étaient-ils que le fruit de son imagination. Elle avait besoin d'y croire parce qu'ils étaient ensemble. Parce qu'elle s'était offerte à lui et portait son enfant.

— Je t'aime, dit-elle d'une voix brisée. Je me fiche de sauver les apparences.

Une vanne s'ouvrit en elle, et un tsunami d'émotions la submergea.

— S'il te plaît, ne me trompe pas avec une autre. Je t'aime tellement ! Quelles que soient les circonstances, c'est toujours toi que je choisirai. À chaque fois. Je t'ai haï au premier regard parce que je savais que je ne pourrais jamais t'avoir. Un homme comme toi m'était inaccessible. Peut-être ai-je profité de la situation en t'obligeant à m'épouser. Mais ta protection était la seule que je voulais…

Elle prit une grande inspiration. Les mots se bousculaient sur ses lèvres, sans que plus rien ne puisse les retenir.

— J'aurais pu me cacher derrière Astrid. Son statut seul aurait suffi à me protéger. Mais c'est vers toi que je me suis tournée. Je t'ai manipulé et je te demande pardon. Ce n'était pas mon intention. Ne sous-estime pas mon pouvoir de décision, Gunnar. Peu importent les circonstances, je t'ai bel et bien choisi. Et je sais pourquoi. Parce que tu es un homme brillant et séduisant. Parce que j'étais jalouse de tes innombrables conquêtes. Parce que tu es si magnétique que j'ai toujours été irrésistiblement attirée vers toi chaque fois que nous nous retrouvions dans la même pièce. Je veux être avec toi, conclut-elle. Maintenant et pour le reste de ma vie.

— Tu refusais de partager mon lit, au début…

— Parce que j'avais peur, expliqua-t-elle. Je voulais des enfants et craignais de tomber enceinte si je cédais à mon désir. Et c'est ce qui est arrivé. Gunnar… Je savais que ton refus de fonder une famille était lié à certaines émotions que tu refoulais. J'essayais juste de me protéger. S'il te plaît, ne gâche pas tout. Ne me demande pas de partir.

Gunnar ignora sa supplique.

— Où souhaites-tu vivre ? J'y ferai installer tes appartements…

— Avec toi, idiot ! C'est avec toi que je veux vivre !

— Non. Partout où tu voudras, mais pas avec moi.

Il leva le menton.

— Décide-toi d'ici mon retour. Tu ne manqueras de rien. Ma parole fait loi, car elle n'a jamais vocation à manipuler.

— C'est faux, Gunnar. Tu te caches derrière tes mots et te mens à toi-même. Si tu ne le vois pas, j'ignore comment t'aider.

Gunnar tourna les talons et quitta la terrasse sans répondre. Latika resta clouée sur place, sonnée par la tournure des événements. Tout était fini. La discussion était close, et il l'avait abandonnée. Elle, eux, leur relation.

Elle tomba à genoux, terrassée par ce gouffre qui s'était ouvert en elle. L'air lui manquait. C'était comme si sa vie lui filait entre les doigts. Ces dernières années, elle avait fui ses parents, résolus à la marier à un fou furieux, et pris conscience du peu de valeur qu'elle avait à leurs yeux. Elle avait vécu cachée, dans la peur constante d'être découverte. Elle aurait pu sombrer dans le désespoir, mais non. Elle avait toujours rebondi.

Jusqu'à aujourd'hui.

Cette souffrance-là dépassait ce qu'elle était capable d'endurer. Elle était vaincue. Son horizon, inexistant. Le seul homme avec qui elle avait envie d'être était aussi celui qui la blessait au-delà de tout ce qu'elle aurait cru possible. En tombant amoureuse de lui, elle l'avait laissé pénétrer une à une ses défenses, jusqu'à se rendre totalement vulnérable. Comment survivre à cela ?

La réponse s'imposa d'elle-même. Latika caressa son ventre. Le bébé. C'est pour lui qu'elle se battrait et irait de l'avant. Qu'elle trouverait un autre chemin vers le bonheur. Il ne méritait pas de grandir dans la tristesse et les regrets. L'amour, c'est auprès de son enfant qu'elle le trouverait.

Gunnar lui avait rendu espoir en l'avenir. Sa défection ne le lui enlèverait pas. Élevée pour servir les intérêts de ses parents, elle avait toujours espéré plus que ce à quoi ils la destinaient. Plus tard, elle avait espéré plus qu'un mariage sans amour. L'espoir était une force indestructible, qui continuerait à la porter face aux aléas de la vie. Même si c'était la seule qu'il lui restait.

À son arrivée à San Diego, Gunnar ressentit durement les effets du décalage horaire. Non… C'était autre chose. Une sensation désagréable le tiraillait de l'intérieur. Impossible pour lui de remettre de l'ordre dans ses idées, sans qu'il s'explique pourquoi.

Il avait eu besoin de s'éloigner de Latika. Leurs journées, et plus encore leurs nuits ensemble, avaient commencé à éroder les murs érigés autour de son cœur. Face à l'isolement, aux mauvais traitements, il avait toujours su garder pied. Mais les caresses et les tendres baisers de Latika semblaient avoir peu à peu raison de lui.

Ce voyage était un prétexte pour prendre ses distances. Il n'avait pas anticipé la descente aux enfers qui l'attendait.

Tout lui paraissait… confus. Il se débattait dans l'obscurité sans distinguer le bout du tunnel. Les épreuves qu'il avait subies auraient brisé plus d'un homme. Mais jamais il n'avait perdu de vue ses objectifs. Et voilà que sa vie lui semblait soudain dépourvue de direction. Il avait oublié pourquoi il respirait. Oublié sa raison d'être – s'il en avait jamais eu une.

Il tâtonnait dans les ténèbres, sans le moindre rayon d'espoir à l'horizon. Avant, lorsqu'il traversait ce genre de passage à vide, il se rabattait sur l'alcool ou le sexe. Mais l'alcool ne suffirait pas à noyer le désespoir qui pesait telle une chape de plomb sur ses épaules. Quant au sexe, il n'était pas d'humeur. Latika était la seule femme qu'il désirait et désirerait jamais. Elle était tout pour lui. Qu'allait-il devenir maintenant qu'il l'avait perdue ?

Au fond, il n'était pas sûr de comprendre ce qui le poussait à agir ainsi. Si ce n'est que ce que Latika lui offrait paraissait trop beau pour être vrai. L'expérience lui avait appris à se méfier. La seule fois où sa mère lui avait témoigné de l'intérêt remontait à son enfance. Il venait de passer des jours confiné dans le cachot du palais. Livré à lui-même et aux abus de son père, dans cet espace trop étroit pour qu'on puisse s'y allonger. Quand il en était sorti, sa mère avait paru se réjouir de le revoir. Mais, très vite, il était devenu évident qu'elle n'était pas là pour le réconforter. Son seul but était de savoir si le roi avait réussi ou non à le convaincre de renverser sa sœur. C'était Astrid qui comptait, pas lui.

Jamais lui.

Plus tard, il avait pris conscience qu'elle l'aurait sans doute tiré des griffes de son père si cela avait servi ses intérêts. Mais ce n'était pas le cas. Le rallier à sa cause aurait été prendre le risque d'inciter le roi à user de moyens plus radicaux contre Astrid. Quant à le dénoncer publiquement, c'était hors de question. L'image de toute la famille royale aurait été entachée.

Son père comme sa mère avaient fait passer leurs ambitions personnelles avant leur propre fils. Cela en disait long sur l'amour qu'ils lui portaient. Pourquoi Latika serait-elle différente ? Un étau lui étreignit la poitrine. Était-il lâche à ce point ? Lâche au point de rejeter sa déclaration d'amour par peur de souffrir ? Par peur d'exposer ses faiblesses au grand jour et de révéler le père et mari qu'il ne pourrait jamais être ?

Oui, sans doute. Mais il n'avait pas la force de combattre sa lâcheté. Il avait déjà capitulé. Tout à l'heure, il sortirait et trouverait une femme avec qui se faire surprendre dans une situation compromettante. Il détruirait sa réputation pour de bon et briserait leur mariage. Latika l'avait supplié de ne pas la tromper. C'est donc exactement ce qu'il ferait. Du moins en donnerait-il l'impression.

L'idée même de toucher une autre femme le rendait malade. Même cette villa, pourtant l'une de ses plus grandes fiertés, lui paraissait soudain tristement vide et triviale. Elle avait été importante pour lui. Un lieu bâti loin de Bjornland, du fantôme de son père et de qui il était là-bas. Mais Latika était venue dans cette maison, et les souvenirs se bousculaient dans sa tête. Son fantasme de longue date enfin exaucé quand il l'avait plaquée contre le mur de la terrasse. Sa virginité qu'elle lui avait offerte ici, avec l'océan en toile de fond. Son innocence l'avait atteint au cœur telle une dague.

Elle remuait en lui des émotions insoupçonnées, et il lui en voulait pour cela. Jamais il n'avait dépendu de qui que ce soit de sa vie. Latika l'aimait, il le savait. Ce n'était pas le problème. Simplement, il ignorait comment se livrer en toute confiance à quelqu'un. Ses journées de confinement solitaire aux mains de son père avaient enraciné en lui le réflexe inverse. Le désintérêt de sa mère, qui n'avait jamais levé le petit doigt pour lui, l'avait conditionné à ne compter que sur lui-même.

Pourtant, une part de lui avait besoin de Latika. Comment était-il censé réagir à cela ? L'enfant qu'elle portait aurait besoin de lui à son tour. Non, il ne pouvait pas. C'était au-dessus de ses forces. Mais la solution alternative était encore plus douloureuse. Il détestait avoir besoin de la jeune femme. Détestait avoir besoin de cet enfant sans pouvoir être le père qu'il méritait. Il était pris entre deux feux. Alors quelle solution lui restait-il ?

*Fuir.*

Oui, c'était sa spécialité. Il avait fui face à son père. S'il ne l'avait pas dénoncé, ce n'était pas seulement pour protéger la crédibilité d'Astrid en tant que future reine. D'autres facteurs entraient en jeu. C'était plus facile de prendre ses distances. Couper toute attache et ne plus se soucier de rien. Il avait forgé sa propre destinée et en était fier. Mais il l'avait fait en tournant le problème d'une manière qui l'arrangeait plutôt qu'en le résolvant. Comme avec Astrid. Aujourd'hui, il ne savait plus qui il était, ni de quoi il était réellement capable, parce qu'il ne s'était jamais donné d'autre but que survivre et protéger sa sœur.

C'était ce qu'il avait fait avec Latika, réalisa-t-il dans un sursaut. Il l'avait accusée de tirer le meilleur parti de situations subies. Mais cela valait surtout pour lui. C'était *lui* qui, toute sa vie, avait pris des décisions par défaut, parce que la solution alternative l'effrayait.

Qui serait-il sans les abus de son père ? Sans la nécessité de consacrer sa vie à protéger Astrid ? Aurait-il voulu des enfants ? Aurait-il accueilli avec joie plutôt qu'avec colère la nouvelle de la grossesse d'Astrid ? Quand Latika était arrivée au palais, se serait-il autorisé à tomber amoureux d'elle ? Impossible à dire. Il ne le saurait jamais, car il n'avait jamais eu l'opportunité d'être cet homme-là.

Il tâta ses clés de voiture dans sa poche. Deux possibilités s'offraient à lui. Il pouvait sortir et provoquer un scandale. Ruiner son mariage avec Latika. Ou il pouvait rentrer à Bjornland et lui professer un amour éternel. Et après ? Que se passerait-il quand elle se lasserait de lui ? Quand elle découvrirait qu'il ne serait jamais à la hauteur de ses attentes ? Il connaissait déjà la réponse grâce à ses parents : il n'en valait pas la peine. Si c'était vrai alors, pourquoi serait-ce différent aujourd'hui ?

La mâchoire serrée, Gunnar quitta la maison en claquant la porte derrière lui.

Tout le monde avait le choix. Parfois, prendre la bonne décision se révélait incroyablement difficile. Mais il ferait ce qu'il avait à faire.

Il les libérerait tous les deux.

# 14.

Quand Latika retrouva Astrid pour le petit déjeuner le lendemain, un pli soucieux barrait le front de son amie.

— Qu'y a-t-il ? s'enquit-elle.

— C'est mon frère…

Latika sentit son cœur se tordre dans sa poitrine.

— Il s'est trouvé une maîtresse, c'est cela ?

Astrid écarquilla des yeux stupéfaits.

— Comment le sais-tu ?

— Il m'avait prévenue que c'était ce qu'il ferait.

— Mais… Pourquoi ?

— Parce que je lui ai avoué mes sentiments, répondit-elle. Il les a rejetés. Je l'ai aussi supplié de ne pas me tromper, en lui disant que nous pourrions être heureux ensemble. J'ignore pourquoi il s'obstine à se faire du mal…

Une larme roula sur sa joue. Elle se laissa choir sur sa chaise.

— Montre-moi.

Astrid pressa le journal qu'elle lisait contre sa poitrine.

— Je ne pense pas que ce soit une bonne idée…

— J'ai besoin de le voir de mes propres yeux.

Avec un soupir, son amie étala le périodique sur la table. Les photos montraient Gunnar en compagnie d'une blonde sculpturale. Ils bavardaient autour d'un verre, Gunnar penché vers la jeune femme, une main dans le creux de son dos. Le titre laissait entendre qu'ils étaient partis ensemble. *Couple royal dans la tourmente ! Le prince play-boy surpris à flirter en Californie !*

Latika chiffonna le journal et le jeta rageusement à travers la salle à manger.

— Je te l'avais bien dit, murmura Astrid.

— Je n'ai jamais été jalouse de ma vie. C'est horrible.

— Je sais.

— Mon Dieu, cela fait tellement mal !

— C'est toujours ainsi quand ils vous brisent le cœur, soupira son amie.

— Comme Mauro avec toi ?

— Oui.

— Mauro n'a pas couché avec une autre femme…

— Rien ne dit que Gunnar t'ait été infidèle, déclara Astrid.

Elle n'avait pas tort. Gunnar cherchait à creuser un fossé entre eux. Le meilleur moyen était de lui faire croire qu'il avait commis l'irréparable. Un tel stratagème n'aurait rien d'étonnant de sa part.

— Peut-être, concéda Latika. Il m'a demandé d'être partie à son retour.

— Hors de question, décréta Astrid avec une autorité toute royale. C'est injuste. Si quelqu'un doit s'en aller, c'est lui.

— Bon courage pour le chasser de son palais…

— *Mon* palais. Je suis l'aînée.

La gorge de Latika se noua.

— C'est vrai, dit-elle d'une voix étranglée.

— Latika ? Que se passe-t-il ? Me caches-tu quelque chose ?

Elle secoua la tête.

— Il y a… Il y a certaines choses dont Gunnar devra te parler, un jour. Mais j'ai promis de ne pas trahir sa confiance.

— Même après ce qu'il t'a fait ?

— Oui.

Astrid poussa un long soupir. Elle se leva abruptement et posa les mains à plat sur la table.

— Bien. Si tu tiens à lui être loyale, alors reste. Refuse

de partir. Montre-lui qu'on ne se débarrasse pas de toi si facilement.

— Et s'il m'a bel et bien trompée ?

— Toi seule connais la réponse à cette question.

En effet. Latika savait déjà dans le fond de son cœur qu'elle resterait à ses côtés. Elle l'aimait. Quels que soient les écarts qu'il commettrait par désir de fuir, elle lui pardonnerait. Même si elle espérait ne pas avoir à le faire. Elle en avait assez de choisir entre le pire et le moindre mal. Gunnar était le bon choix. Tant pis s'il n'était pas parfait. C'était l'amour qu'elle cherchait, pas la perfection.

L'amour triomphe de tout, disait-on. Latika y veillerait. Elle ne reculerait devant rien pour le lui prouver.

De retour au palais de Bjornland, Gunnar savait qu'il trouverait la chambre de Latika vide. Il avait tenu sa promesse. Il avait rencontré une jolie blonde et rompu ses vœux de mariage. Du moins, en apparence.

En réalité, rien n'aurait pu l'inciter à avoir une aventure avec cette femme, avec qui il n'avait guère discuté plus de dix minutes. Il l'avait priée de quitter le bar avec lui, puis lui avait offert une généreuse somme afin qu'elle n'y retourne pas.

Comme prévu, sa conduite avait provoqué un tollé dans les médias. Il méritait ce déluge de critiques. Latika serait l'épouse bafouée aux yeux du public, qui la soutiendrait dans sa décision de le quitter. Leur enfant connaîtrait son père et ne serait pas privé de son héritage. Gunnar y tenait, même s'il devait passer le reste de sa vie à se racheter de son infidélité supposée. Il avait résolu tous les problèmes.

Alors pourquoi se sentait-il si vide ? Il revenait en vaincu et n'avait pas de quoi être fier.

Il traversa les couloirs en évitant avec succès d'y croiser le moindre employé. Mais, alors qu'il approchait de l'escalier menant à ses appartements, il se heurta à son beau-frère, debout sur la première marche, les bras croisés sur la poitrine.

— Je ne m'attendais pas à un comité d'accueil, dit Gunnar.

— Tu aurais pourtant dû, répliqua Mauro. Les nouvelles voyagent vite.

— Vous avez fait surveiller les frontières ?

— Si la reine veut te voir, même toi ne peux passer entre les mailles du filet.

— Bon à savoir. J'ajoute donc l'espionnage à la longue liste des compétences de ma sœur.

— Comment oses-tu revenir ici ? gronda Mauro.

— Pardon, mais depuis quand fais-tu partie de la famille royale ?

— Je suis le mari de la reine. Un mari *fidèle*.

— La fidélité n'est qu'un des costumes portés par mes parents dans leur petit théâtre des apparences, repartit Gunnar. Respecter les vœux sacrés du mariage n'a jamais été une préoccupation dans ma famille. Pourquoi devrais-je commencer ?

— Astrid et moi nous sommes chargés de donner l'exemple. Elle comptait sur toi pour le suivre.

— Ma sœur est une incorrigible optimiste, surtout en ce qui me concerne. On se demande bien pourquoi.

Alors qu'il faisait mine de dépasser Mauro, la main de son beau-frère s'abattit sur son épaule.

— Explique-toi.

— Je n'ai de comptes à rendre à personne, déclara Gunnar. À toi moins qu'à quiconque.

— Explique-toi, répéta Mauro d'un ton lourd de menace.

— Parfois, la plus grande faveur qu'un homme puisse faire à une femme est de lui rendre sa liberté. Tu sais de quoi je parle.

L'expression de Mauro s'assombrit.

— Insinues-tu que je n'aurais pas dû épouser ta sœur ?

— Non. Mais je sais que tu es passé par là. Toi aussi,

tu as eu des doutes, je me trompe ? Aujourd'hui, tu es un bon mari et un bon père. J'en suis heureux pour Astrid. Mais je me connais. Crois-moi, c'est pour le bien de Latika que j'ai agi ainsi.

— Tu n'étais pas là quand elle a appris la nouvelle. Tu lui as brisé le cœur. Si tu n'étais pas aussi lâche, tu lui aurais expliqué en face que tu agissais *pour son bien*.

Mauro secoua la tête.

— Pour ma part, je ne vois pas en quoi faire du mal à quelqu'un serait bon pour lui.

— Pourquoi est-ce toi qui me dis tout cela, et non Astrid ? demanda Gunnar.

— Astrid craignait d'ordonner ton exécution sous le coup de la colère.

Gunnar s'esclaffa. Sa sœur en serait bien capable. D'un mouvement d'épaules, il se dégagea de la poigne de Mauro et monta l'escalier quatre à quatre. Astrid savait se montrer redoutable. Il la respectait pour cela. Elle méritait de monter sur le trône, et il avait tout fait pour que rien ni personne, pas même leur père, ne l'en empêche. Au fond, il avait repris le flambeau de leur mère, bien que cette dernière ne l'eût jamais soutenu pour autant. Maintenant qu'il avait trahi sa meilleure amie, pourquoi Astrid le défendrait-elle ?

En parlant du loup…

Une porte du couloir s'ouvrit, et sa sœur se matérialisa devant lui.

— Il faut qu'on parle.

— Je viens d'esquiver ton chien de garde, dit Gunnar.

— C'est moi qui lui ai demandé de t'intercepter pour ne pas avoir à le faire.

— Pourtant, te voilà.

— C'est important, le rabroua sèchement Astrid. Latika a laissé échapper que j'ignorais certaines choses te concernant. Elle a refusé d'en dire plus. Rien n'a pu l'inciter à trahir ta confiance malgré la façon dont tu l'as traitée. Telle est la femme que tu as épousée, Gunnar.

Une femme prête à tout pour protéger un mari qui ne le mérite pas.

Gunnar sentit le poids sur sa poitrine s'alourdir.

— Crois-moi, Astrid, je n'ai jamais pensé que Latika n'était pas assez bien pour moi.

— Alors de quoi s'agit-il ? Qu'est-ce que je ne sais pas ?

— Nos vies sont ce qu'elles sont. À quoi bon ressasser le passé ? Tu as trouvé le bonheur auprès de Mauro. Tant mieux pour toi. De mon côté, je suis tel qu'on m'a façonné.

Sa sœur soutint son regard en silence. L'éclat d'acier de ses yeux indiquait clairement qu'elle ne se contenterait pas de cette réponse. À quoi s'attendait-il ? Astrid était forte et intelligente. Il l'avait sous-estimée.

Exactement comme leur père.

— Si on ne peut rien y changer, autant tout me dire, l'encouragea-t-elle.

Gunnar prit une profonde inspiration.

— Tu sais à quel point notre père voulait que je devienne roi ?

— Oui.

— Il a tenté de me persuader de te renverser. Pour cela, il a usé de moyens barbares tels que l'isolement forcé et la torture.

L'horreur se peignit sur les traits de sa sœur. Ce qu'elle devait ressentir en cet instant, il avait passé les vingt dernières années à le lui épargner à tout prix.

— Pourquoi ne m'as-tu jamais rien dit ? murmura-t-elle, la voix brisée par l'émotion.

— Tu es ma sœur et ma reine. Je devais te protéger. À quoi cela aurait-il servi ?

— À mieux te connaître ! Tout ne tourne pas autour de moi, Gunnar. Toutes ces années, tu as menti sur l'homme que tu étais vraiment. Tu as fait croire au monde entier que tu n'étais qu'un play-boy égoïste, alors que tout ce que tu as fait était pour moi. Comment as-tu pu me laisser vivre dans une telle ignorance ?

— Parce que c'est ce que je suis, Astrid. Je ne sais pas comment être un homme bien.

— Je n'y crois pas une seconde. Les seuls fautifs dans cette histoire, ce sont nos parents, affirma-t-elle. Tous les deux. Ne crois pas que je n'en aie pas conscience. Je suis l'accomplissement des ambitions de notre mère et toi, le fruit de celles avortées de notre père. Mais regarde-toi ! Regarde jusqu'où tu es allé par amour pour moi ! Je ne mérite pas une telle loyauté. Personne ne mérite qu'on se sacrifie ainsi pour lui. Mais ce n'est pas une question de mérite, n'est-ce pas ? Ce qui compte, c'est l'amour, et l'amour ne se gagne pas. Le tien est le plus beau cadeau qu'on puisse recevoir de quelqu'un.

— Je n'ai jamais senti le moindre amour en moi, objecta faiblement Gunnar.

— L'amour se donne, Gunnar. C'est un sentiment qui s'exprime dans l'action. Parfois, cette action prend la forme d'un sacrifice. C'est terrible, mais cela arrive.

— Je ne voulais pas te blesser, Astrid. Je savais que la haine de notre père à ton égard te ferait du mal.

Astrid secoua la tête.

— C'est pour toi que j'ai mal, pas pour moi, le détrompa-t-elle. Je suis tellement aimée ! Par mon mari. Par mon frère. Ce n'est pas donné à tout le monde d'avoir autant de chance.

Gunnar n'avait jamais vu les choses sous cet angle-là. Ses croyances s'en trouvaient totalement bouleversées. Astrid, en apprenant la vérité, ne souffrait pas de la cruauté de leurs parents, mais s'émouvait de l'amour qu'il lui portait. Car c'était bien de l'amour, il le voyait à présent. Sa sœur n'aurait pu mieux le décrire. Ce sentiment profond qui vous poussait à l'action pour protéger vos proches. Qui vous mettait face à des choix difficiles et vous obligeait à vous confronter à vous-même. Tout devenait si limpide, tout à coup…

Mais c'était trop tard. Trop tard pour sauver son mariage. Latika ne lui pardonnerait jamais.

Même s'il ne l'avait pas trompée, le monde entier le pensait. S'il lui disait la vérité, elle ne le croirait sans doute pas. L'opinion publique, elle, n'en démordrait pas. Et, quand bien même elle passerait l'éponge, elle devrait vivre jusqu'à la fin de ses jours avec l'étiquette de l'épouse bafouée restée auprès de son mari infidèle. Il l'avait placée dans une situation impossible. Non, Latika était sûrement partie, comme il le lui avait enjoint. Mauro l'avait bien dit : il lui avait brisé le cœur.

Mais n'avait-on pas toujours le choix ? Latika le pensait, et il voulait y croire aussi. Vivre le restant de sa vie sans elle était inenvisageable. À lui de la reconquérir. Latika aussi avait exprimé son amour dans l'action. Elle s'était mise à nu devant lui, quitte à se rendre vulnérable. Elle s'était donnée à lui corps et âme, sans aucune garantie, et était allée jusqu'à le supplier. Il le comprenait à présent, grâce à Astrid… Son courage. Son sacrifice. Et lui, que lui avait-il donné en retour ?

Non, il n'était pas trop tard tant qu'il n'avait pas tout essayé.

— Excuse-moi, dit-il à Astrid.

Le cœur battant, il s'élança dans le couloir et ouvrit à la volée la porte de la chambre de Latika.

Et, contre toute attente, elle était là. Assise sur le banc au pied du lit, ses longs cheveux noirs ondoyant sur ses épaules. Il était évident qu'elle avait pleuré. Par sa faute. Jamais il ne s'était autant méprisé qu'en cet instant.

— Je croyais t'avoir demandé de partir…

— Et tu as tenu ta promesse, répondit-elle. Tu es un homme de parole, je le reconnais. Mais je n'ai jamais dit que j'étais d'accord. Je ne partirai pas, Gunnar. Je t'aime. Et je veux que notre relation fonctionne. Tant pis si les gens me trouvent pathétique ou s'ils me prennent pour une idiote de croire que le mari qui m'a trompée puisse changer…

Elle secoua la tête.

— Cela m'est égal. J'en ai assez de prendre des décisions en fonction des autres. Dorénavant, je suivrai ce que mon cœur me dicte.

Gunnar n'osait y croire. Avait-il bien entendu ?

— Alors tu resterais avec moi ? Même maintenant ?

Lentement, elle se leva.

— Oui. Parce que je t'aime, Gunnar. Je suis tombée amoureuse de toutes ces facettes de toi qui font l'homme que tu es. Y compris celle qui préférait fuir. Celle qui pensait n'avoir d'autre choix que détruire ce que nous avions dans les bras d'une autre. Si l'amour guérit les blessures, je dois lui accorder du temps, non ? Je ne resterai pas avec un homme qui ne pourra jamais m'aimer. Mais si tu penses qu'il y a un espoir… Alors ce mariage n'est pas perdu. Peu importe ce que tu as fait. Je promets de te pardonner et de laisser tout cela derrière nous. Je veux te donner une chance d'être meilleur, car je sais que tu en es capable.

La poitrine de Gunnar se serra. Qu'avait-il fait pour qu'elle lui témoigne une telle loyauté ? Il ne valait pas mieux que son père. Il avait joué avec ses sentiments. Pourtant, elle était là, prête à lui donner une seconde chance. Il tomba à genoux devant elle et serra ses mains dans les siennes.

— Je ne mérite pas ce que tu m'offres, dit-il, la voix éraillée par l'émotion.

— L'amour n'a rien à voir avec le mérite, répliqua-t-elle avec un haussement d'épaules.

Ses mots faisaient écho à ceux d'Astrid, et leur vérité résonna au plus profond de son âme.

— Latika… Libre à toi de me croire ou non, mais je n'ai pas couché avec cette fille. J'ai seulement fait en sorte que tout le monde le pense. Hélas, cette histoire restera gravée dans les mémoires. Par ma faute, tu deviendras la cible de critiques à ce sujet.

— Tu ne m'as pas trompée ?

— Non. Désolé de ne pas te l'avoir dit plus tôt. J'avais peur que tu penses que je te mentais pour t'inciter à rester, expliqua-t-il en se relevant. Mais, si tu me reprenais malgré mon infidélité supposée, alors…

— Je te crois, Gunnar.

— Je ne faisais que fuir en avant. Tout ce dont je t'ai accusée valait en réalité pour moi. J'ai compris que je continuais à laisser mes parents manipuler mes décisions.

Il passa une main dans ses cheveux et vit qu'elle tremblait.

— Je me suis toujours targué d'être un homme libre, poursuivit-il. Un genre de prince sans foi ni loi. Mais je me trompais. Je me demande qui j'aurais été, si les choses avaient été différentes…

— Une question dangereuse, murmura Latika. Nous sommes tels que nous avons été modelés.

— Peut-être. Mais je crois que je t'aurais choisie plus tôt. Je t'aime, Latika. Il fallait juste que je surmonte cette peur qui prenait toute la place pour que mon amour puisse enfin s'épanouir. Et s'exprimer par l'action.

Une boule d'émotion lui monta à la gorge.

— C'est cela, le véritable amour, et c'est toi qui me l'as appris. En restant avec moi quand je t'ai tourné le dos. En me témoignant une loyauté sans faille quand je n'ai cessé de te trahir. Tu as osé affronter le rejet avec courage, contrairement à moi. À l'avenir, je veux être courageux malgré ma peur. Généreux plutôt qu'égoïste. Je veux aimer au lieu de haïr. C'est le choix que je fais aujourd'hui pour nous deux.

La jeune femme se jeta à son cou.

— J'étais prête à te pardonner, mais je suis si soulagée de ne pas avoir à le faire !

— Les gens, eux, n'auront pas ta clémence. Ils ne me croiront pas, et notre mariage risque d'être à jamais terni dans l'opinion publique.

— Je me fiche de l'opinion publique, rétorqua Latika. Mes parents ne se souciaient de rien d'autre, et cela ne nous a jamais rendus heureux.

— Je crains de ne jamais être un modèle pour la nation…

— Tu l'es déjà. Tu as protégé leur reine. Tu m'as protégée, moi. J'espère qu'un jour le monde saura quelle personne tu es vraiment.

— Peu m'importe ce que le monde sait ou non. Tant que tu as confiance en moi.

— J'ai confiance en toi, Gunnar.

— Alors il est temps pour moi de réitérer mes vœux. Avec le cœur, cette fois.

Envahi par l'émotion, il saisit la main de Latika.

— Je promets de t'être fidèle. De vous protéger, toi et notre enfant, au prix de ma vie s'il le faut. Mais c'est à toi et toi seule que je réserverai la part de moi la plus sincère.

— Et je te fais la même promesse, murmura Latika en couvrant sa main de la sienne.

Elle se hissa sur la pointe des pieds et pressa un baiser sur ses lèvres. Un baiser tendre et pur, tel qu'il n'aurait jamais cru mériter un jour. Mais c'était cela, la magie de l'amour, songea-t-il en emportant Latika vers le lit. Le véritable amour, qui l'entourait depuis si longtemps sans qu'il s'en aperçoive. Il transcendait ce qu'un homme croyait mériter. Les plus belles choses n'avaient pas de prix. Elles ne s'achetaient pas, ni ne se soutiraient par la force. Elles s'offraient avec le cœur.

Et Latika lui avait offert son amour.

La pièce manquante de lui-même, qu'il avait bien failli laisser filer entre ses doigts.

Alors qu'ils ne faisaient plus qu'un, mari et femme dans la plus complète des unions, le vide dans son cœur se referma. Comblé par Latika et leurs sentiments mutuels.

# Épilogue

Le royaume s'était réjoui lorsque Astrid avait donné naissance à un fils, héritier du trône de Bjornland. Et c'est avec la même fierté qu'il accueillit la naissance de la fille de Gunnar et Latika. Une ravissante princesse aux cheveux d'ébène, dont les yeux sombres rappelaient ceux de sa mère.

Quelque temps plus tard, Gunnar et Latika avaient renouvelé leurs vœux lors d'une cérémonie intime, avec Astrid, Mauro et leurs enfants pour seuls témoins. Latika portait la splendide robe de satin qu'elle n'avait pas osé choisir la première fois. Les photos de la radieuse famille avaient réconcilié le peuple avec le couple princier. Un couple durable, personne n'en doutait plus, qui pouvait désormais compter sur le soutien de leur nation. Surtout depuis que certaines révélations avaient fait le tour des médias.

Gunnar et Latika s'étaient préparés aux doutes que sèmerait un jour au sein de leur famille le scandale créé par Gunnar. Ils tenaient à ce que leur fille comprenne le choix de sa mère et leur conserve sa confiance. Mais Astrid avait une autre idée en tête. Elle avait préféré exposer au grand jour les secrets et mensonges de ses parents, et déchirer le voile de corruption entourant le palais de leur vivant. La vérité avait ruiné la réputation de leur père, sans manquer de soulever de nombreuses questions sur la longue histoire de leur famille. Mais elle avait aussi mis en lumière la profonde loyauté de Gunnar envers sa sœur et la couronne, ainsi que les raisons qui l'avaient poussé à agir comme il l'avait fait.

Bien sûr, certains n'y verraient toujours qu'une campagne désespérée de la part de Gunnar pour redorer son blason et se poser en héros.

Mais Latika connaissait la vérité. C'était tout ce qui comptait. Elle savait, sans l'ombre d'un doute, qu'elle aimerait toujours cet homme. Le prince Gunnar von Bjornland, son mari, père exemplaire et fierté de sa nation. Et c'est pour son plus grand bonheur qu'elle, sa femme, se tiendrait à ses côtés pour le restant de sa vie.

Vous avez aimé *Le prince scandaleux* ?
Retrouvez en numérique l'univers de Maisey Yates :

1. *Captive du prince*
2. *Captive de Felipe Cortez*
3. *Le secret d'une attirance*
4. *La reine et le sulfureux play-boy*
5. *Le prince scandaleux*

Retrouvez en septembre 2020,
dans votre collection

# AZUR

**Le fils caché d'un Sicilien,**
**de Michelle Smart - N°4246**

Cela fait trois ans qu'Orla recherche le père de son fils chéri. Hélas, en raison de l'accident qui l'a rendue amnésique, elle est incapable de se rappeler son nom… Jusqu'au jour où Tonino Valente fait son apparition, au cours du mariage de sa sœur. Cet homme somptueux, Orla le reconnaît aussitôt, dans son âme, son cœur, son corps ! Dès lors, les souvenirs affluent à sa mémoire, dévastateurs. Ceux de leur rencontre et de la passion qui les a liés si intimement… Mais aussi celui de la trahison de Tonino…

**Liaison avec le grand patron,**
**de Kate Hewitt - N°4247**

Elle est enceinte… Mia attend un enfant d'Alessandro Costa, un homme qu'elle connaît à peine, un homme impitoyable. Son patron ! Alors qu'elle croyait n'avoir jamais plus rien à faire avec celui qui n'a pas hésité à la licencier froidement après leur unique nuit d'amour, la voilà liée à lui pour toujours ! Si le choc est intense, Mia pense d'abord à protéger son enfant en restant à distance. Mais lorsque quelques mois plus tard Alessandro découvre qu'elle a donné naissance à une petite fille, il fait de nouveau irruption dans sa vie, pour lui donner un ordre ultime : celui de l'épouser !

**Dans les bras du prince de Santara,**
**de Michelle Conder - N°4248**

Alexa, princesse héritière de Bérénia, a besoin de trouver un mari avant que son père lui en impose un. Et elle a déjà jeté son dévolu sur Rafaele al-Hadrid. Le prince de Santara possède en effet toutes les qualités requises. Hédoniste aux mœurs dissolues, il fuit tout engagement – et le mariage en particulier. Avec lui, au moins, les choses seront claires : il ne sera question entre eux que d'un arrangement temporaire qui, tout en renforçant les liens entre leurs deux pays, servira leur intérêt commun de rester libre. Hélas, si le plan d'Alexa est parfait en théorie, tout se complique lorsqu'un désir irrépressible la pousse dans les bras et dans le lit de son époux de façade…

HARLEQUIN AZUR

**Le fruit d'une nuit interdite,**
**de Chantelle Shaw - N°4249**

S'il y a une femme sur Terre qu'Andreas Karelis n'a pas le droit de séduire, c'est bien l'innocente Isla Stanford. Pourtant, leurs retrouvailles sur une île paradisiaque de la mer Égée mettent à mal ses résolutions. Dans ce décor de rêve, où le vert de la forêt rivalise de beauté avec le bleu du ciel, comment résister à cette créature tout droit sortie de ses fantasmes ? Après une aventure aussi brève qu'intense, Isla sort de la vie d'Andreas, fort heureusement pour sa tranquillité d'esprit. Avant de lui révéler peu après qu'elle attend un enfant de lui : l'héritier des Karelis...

**La maîtresse de Salvatore di Luca,**
**de Sharon Kendrick - N°4250**

Fidèle aux traditions siciliennes, Lina travaille dur et se conduit de manière respectueuse. Mais, au grand dam de sa famille, elle repousse tous ses prétendants. Comment pourrait-elle se lier à un homme qu'elle n'aime pas ? Tous l'ignorent, mais un seul a le pouvoir de faire battre son cœur. Chaque fois qu'il est de passage à Caltarina, Salvatore di Luca éveille en elle un désir intense... mais interdit. Non seulement le séduisant milliardaire n'a aucune intention de s'établir sur l'île, mais surtout il n'a que faire d'une simple couturière comme elle. Du moins le croit-elle, avant qu'une rencontre fortuite les conduise à une liaison scandaleuse...

**Éprise de son meilleur ami,**
**de Michelle Douglas - N°4251**

Se marier avec son meilleur ami ? Voilà une idée curieusement tentante pour Sophie. Bien sûr, il ne s'agirait que d'une union de convenance entre eux, purement platonique : Will a besoin d'une femme pour hériter d'Ashbarrow Castle, le domaine familial ; quant à Sophie, elle manque d'argent pour se bâtir une nouvelle existence en Cornouailles. Rien de romantique, donc. Alors pourquoi ne peut-elle s'empêcher de s'imaginer au bras de Will... et dans son lit ? Tandis qu'elle s'efforce d'ignorer les élans de son cœur pour son irrésistible époux, Sophie comprend bientôt qu'elle a commis l'irréparable en tombant amoureuse de lui...

**Noces à Manhattan,**
**de Susan Meier - N°4252**

SÉRIE : *LES HÉRITIERS DE MANHATTAN* - 2/3

« J'ai besoin d'aide. » Face à Seth McCallan, le meilleur ami de son époux disparu, Harper n'a d'autre choix que de révéler sa détresse. Comment faire autrement, alors que sa petite fille et elle sont sur le point de se retrouver à la rue ? Bien sûr, elle aurait préféré tenir l'homme d'affaires new-yorkais à l'écart de ses problèmes, seulement il est son dernier recours... Or, à peine lui a-t-elle expliqué sa situation que Seth lui propose d'emménager chez lui avec son bébé. Une offre qu'elle accepte volontiers, tout en se jurant de garder ses distances avec celui qui, depuis des années, fait battre son cœur un peu trop vite...

## La promise d'un cheikh, de Lynne Graham - N°4253

SÉRIE : *TROIS SŒURS À SÉDUIRE* - 3/3

Résolue à échapper quelque temps à sa famille surprotectrice, Zoe voyage vers le Maraban, un royaume du désert de toute beauté. Sitôt arrivée, hélas, elle est enlevée et conduite dans un campement au milieu de nulle part. Son salut, elle le doit au sublime Raj, qui se révèle être le prince héritier du pays. Sous son regard ardent, elle se sent vite rassurée… et désirée ! Mais sa liberté a un prix, Zoe ne tarde pas à le comprendre. Et, lorsque tous deux sont plongés dans un scandale politique, Raj exige d'elle qu'elle devienne son épouse…

## Une danse à Venise, de Trish Morey - N°4254

SÉRIE : *PASSION AU PARADIS* - 4/6

Venise est envahie par une foule d'anonymes masqués, noyée dans un brouillard mystérieux… C'est là que Rosa, perdue, fait la rencontre d'un sublime inconnu. Lorsqu'il lui propose de l'accompagner au bal du carnaval, elle accepte, grisée par l'atmosphère de cette soirée féerique. Puis elle se laisse entraîner sur la piste de danse du *palazzo*, avant de gagner le lit de Vittorio, pour une nuit de délices. Une nuit censée être unique mais qui n'est pas sans conséquences. Peu après, Rosa découvre en effet qu'elle est enceinte et que son amant est prince !

## Ce pacte si troublant, de Tara Pammi - N°4255

Pour se libérer de l'emprise de son beau-père, un homme manipulateur et violent, Neha sait qu'une seule personne peut l'aider : Leonardo Brunetti, le puissant P-DG de BFI. Cet homme ténébreux et arrogant – et qui la fait frissonner en secret depuis des années – est en effet le seul à pouvoir tenir tête à son beau-père et la sauver de ses griffes. Mais Leonardo acceptera-t-il sa folle demande : l'aider à commencer enfin une nouvelle vie en lui faisant l'enfant dont elle rêve ?

## Un baiser enivrant, de Kim Lawrence - N°4256

Quand le sublime Draco Morelli lui propose de l'embrasser pour rendre jalouses les trois pestes qui se moquent d'elle depuis le lycée, Eve accepte sans hésiter – pour le simple plaisir de les voir se consumer d'envie. Mais le baiser passionné de Draco lui fait rapidement oublier ses désirs de vengeance. Ce qu'elle veut à présent, c'est lui et rien d'autre. Aussi, quand, après une première nuit de passion, leur aventure semble évoluer vers une véritable histoire d'amour, Eve est-elle ivre de bonheur. Un bonheur hélas de courte durée. Car elle ne tarde pas à découvrir que Draco l'a piégée. S'il a besoin d'une femme dans sa vie, c'est uniquement pour conserver la garde de sa fille…

# PASSIONS

## Rêve. Trahison. Tentation.

Un homme et une femme.
Deux héros que tout oppose.
Ils n'ont rien en commun…
Ils ne croient plus en l'amour…
Ils sont amants… Ils sont rivaux…
Ils n'étaient pas censés s'aimer.
Et pourtant…
Ils vont renouer avec la passion.

**5 livres à découvrir tous les mois.**

IVERTIR • INSPIRER • ÉMOUVOIR
HARLEQUIN
www.harlequin.fr

# OFFRE DE BIENVENUE !

Vous êtes fan de la collection Azur ?
Pour prolonger le plaisir, recevez gratuitement

**◆ 2 livres Azur gratuits ◆**
et 2 cadeaux surprises !

**Une fois votre colis de bienvenue reçu, si vous souhaitez continuer à recevoir nos romans Azur, cela se fera automatiquement. Vous recevrez alors chaque mois 6 romans inédits de cette collection au tarif unitaire de 4,50€ (Frais de port France : 1,79€).**

**➡ LES BONNES RAISONS DE S'ABONNER :**

Aucun engagement de durée ni de minimum d'achat.
◆
Aucune adhésion à un club.
◆
Vos romans en avant-première.
◆
La livraison à domicile.

**➡ ET AUSSI DES AVANTAGES EXCLUSIFS :**

Des cadeaux tout au long de l'année.
◆
Des réductions sur vos romans par le biais de nombreuses promotions.
◆
Des romans exclusivement réédités notamment des sagas à succès.
◆
L'abonnement systématique et gratuit à notre magazine d'actu ROMANCE.
◆
Des points fidélité échangeables contre des livres ou des cadeaux.

**➡ REJOIGNEZ-NOUS VITE EN COMPLÉTANT ET EN NOUS RENVOYANT LE BULLETIN !**

Z0ZEA6

N° d'abonnée (si vous en avez un) ☐☐☐☐☐☐☐☐☐☐☐☐

Mme ☐ Mlle ☐ Nom : .................................... Prénom : ....................

Adresse : ..........................................................................

CP : ☐☐☐☐☐ Ville : ..........................................................

Pays : ............................ Téléphone : ☐☐☐☐☐☐☐☐☐☐

E-mail : ............................................................................

Date de naissance : ☐☐ ☐☐ ☐☐☐☐

☐ Oui, je souhaite être tenue informée par e-mail de l'actualité d'Harlequin.

☐ Oui, je souhaite bénéficier par e-mail des offres promotionnelles des partenaires d'Harlequin.

**Renvoyez cette page à : Service Lectrices Harlequin – CS 20008 – 59718 Lille Cedex 9 - France**

Date limite : **31 décembre 2020**. Vous recevrez votre colis environ 20 jours après réception de ce bon. Offre soumise à acceptation et réservée aux personnes majeures, résidant en France métropolitaine. Prix susceptibles de modification en cours d'année. Vous pouvez demander à accéder à vos données personnelles, à les rectifier ou à les effacer. Il vous suffit de nous écrire en nous indiquant vos nom, prénom et adresse à : Service Lectrices Harlequin - CS 20008 - 59718 LILLE Cedex 9. Harlequin® est une marque déposée du groupe HarperCollins France – 83/85, Bd Vincent Auriol – 75646 Paris cedex 13. Tél : 01 45 82 47 47. SA au capital de 3 120 000€ - R.C. Paris. Siret 31867159100069/APE5811Z.

## RESTEZ CONNECTÉ AVEC HARLEQUIN

**Harlequin vous offre un large choix de littérature sentimentale !**

Sélectionnez votre style parmi toutes les idées de lecture proposées !

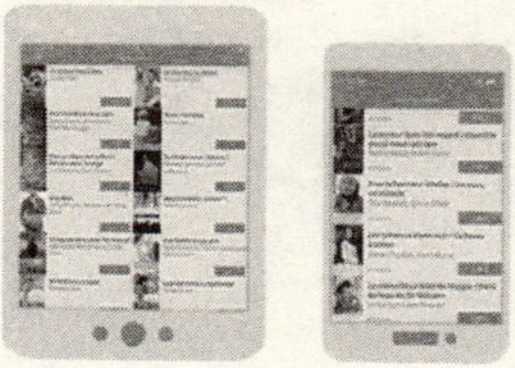

**www.harlequin.fr**

- **Découvrez** toutes nos actualités, exclusivités, promotions, parutions à venir…
- **Partagez** vos avis sur vos dernières lectures…
- **Lisez** gratuitement en ligne
- **Retrouvez** vos abonnements, vos romans dédicacés, vos livres et vos ebooks en précommande…

**L'application Harlequin**

- Des **ebooks gratuits** inclus dans l'application
- **50 nouveautés tous les mois** et + de 7 000 ebooks en téléchargement
- Des **petits prix** toute l'année
- Une **facilité de lecture** en un clic hors connexion
- Et plein d'autres avantages…

**Téléchargez notre application gratuitement**

Télécharger dans l'App Store

DISPONIBLE SUR Google Play

SUIVEZ-NOUS !

facebook.com/HarlequinFrance
twitter.com/harlequinfrance

Composé et édité par HarperCollins France.

Achevé d'imprimer en juillet 2020.

Barcelone

Dépôt légal : août 2020.

Pour limiter l'empreinte environnementale de ses livres, HarperCollins France s'engage à n'utiliser que du papier fabriqué à partir de bois provenant de forêts gérées durablement et de manière responsable.

*Imprimé en Espagne.*

# OFFRE DÉCOUVERTE !

Vous souhaitez découvrir nos collections ? Recevez **votre 1er colis gratuit*** **ave** **2 cadeaux surprises !** Une fois votre colis de bienvenue reçu, si vous souhaite continuer à recevoir nos livres, cela se fera automatiquement. Vous recevrez alor vos livres inédits** en avant-première.

Vous n'avez aucune obligation d'achat et cette offre est sans engagement de durée

*1 livre offert + 2 cadeaux / 2 livres offerts pour la collection Azur + 2 cadeaux. Les collections Gentlemen et Aliénor démarrent avec le 1er colis payant.

**Les livres Ispahan, Sagas, Best-Sellers Féminins, Gentlemen et Hors-Série sont des réédités.

**☛ COCHEZ la collection choisie et renvoyez cette page au**
**Service Lectrices Harlequin – CS 20008 – 59718 Lille Cedex 9 – France**

| Collections | Références | Prix colis* |
| --- | --- | --- |
| ❑ **AZUR** | Z0ZFA6 | 6 livres par mois 28,79€ |
| ❑ **BLANCHE** | B0ZFA3 | 3 livres par mois 23,65€ |
| ❑ **LES HISTORIQUES** | H0ZFA2 | 2 livres par mois 16,59€ |
| ❑ **ISPAHAN** | Y0ZFA3 | 3 livres tous les 2 mois 23,35€ |
| ❑ **PASSIONS** | R0ZFA3 | 3 livres par mois 25,09€ |
| ❑ **SAGAS** | N0ZFA3 | 3 livres tous les 2 mois 27,66€ |
| ❑ **BLACK ROSE** | I0ZFA3 | 3 livres par mois 25,09€ |
| ❑ **VICTORIA** | V0ZFA3 | 3 livres tous les 2 mois 25,69€ |
| ❑ **GENTLEMEN** | G0ZFA2 | 2 livres tous les 2 mois 17,35€ |
| ❑ **BEST-SELLERS FÉMININS** | E0ZFA2 | 2 livres tous les 2 mois 18,75€ |
| ❑ **ALIÉNOR** | A0ZFA2 | 2 livres tous les 2 mois 17,35€ |
| ❑ **HORS-SÉRIE** | C0ZFA2 | 2 livres tous les 2 mois 17,35€ |

N° d'abonnée Harlequin (si vous en avez un) ___________

Mme ❑ Mlle ❑ Nom : ___________

Prénom : ___________ Adresse : ___________

Code Postal : ___________ Ville : ___________

Pays : ___________ Tél. : ___________

E-mail : ___________

Date de naissance : ___________

❑ Oui, je souhaite recevoir par e-mail les offres promotionnelles des éditions Harlequin.

❑ Oui, je souhaite recevoir par e-mail les offres promotionnelles des partenaires des éditions Harlequin.

**Date limite : 31 décembre 2020.** Vous recevrez votre colis environ 20 jours après réception de ce bon. Offre soumise à acceptation et réservée aux personnes majeures, résidant en France métropolitaine, dans la limite des stocks disponibles. Prix susceptibles de modification en cours d'année. Vous pouvez demander à accéder à vos données personnelles, à les rectifier ou à les effacer. Il vous suffit de nous écrire en nous indiquant vos nom, prénom et adresse à : Service Lectrices Harlequin CS 20008 59718 LILLE Cedex 9. Service Lectrices disponible du lundi au vendredi de 8h à 18h : 01 45 82 47 47.

Harlequin® est une marque déposée du groupe HarperCollins France – 83/85, Bd Vincent Auriol – 75646 Paris cedex 13. SA au capital de 3 120 000€ – R.C. Paris. Siret 31867159100069/APE5811Z.